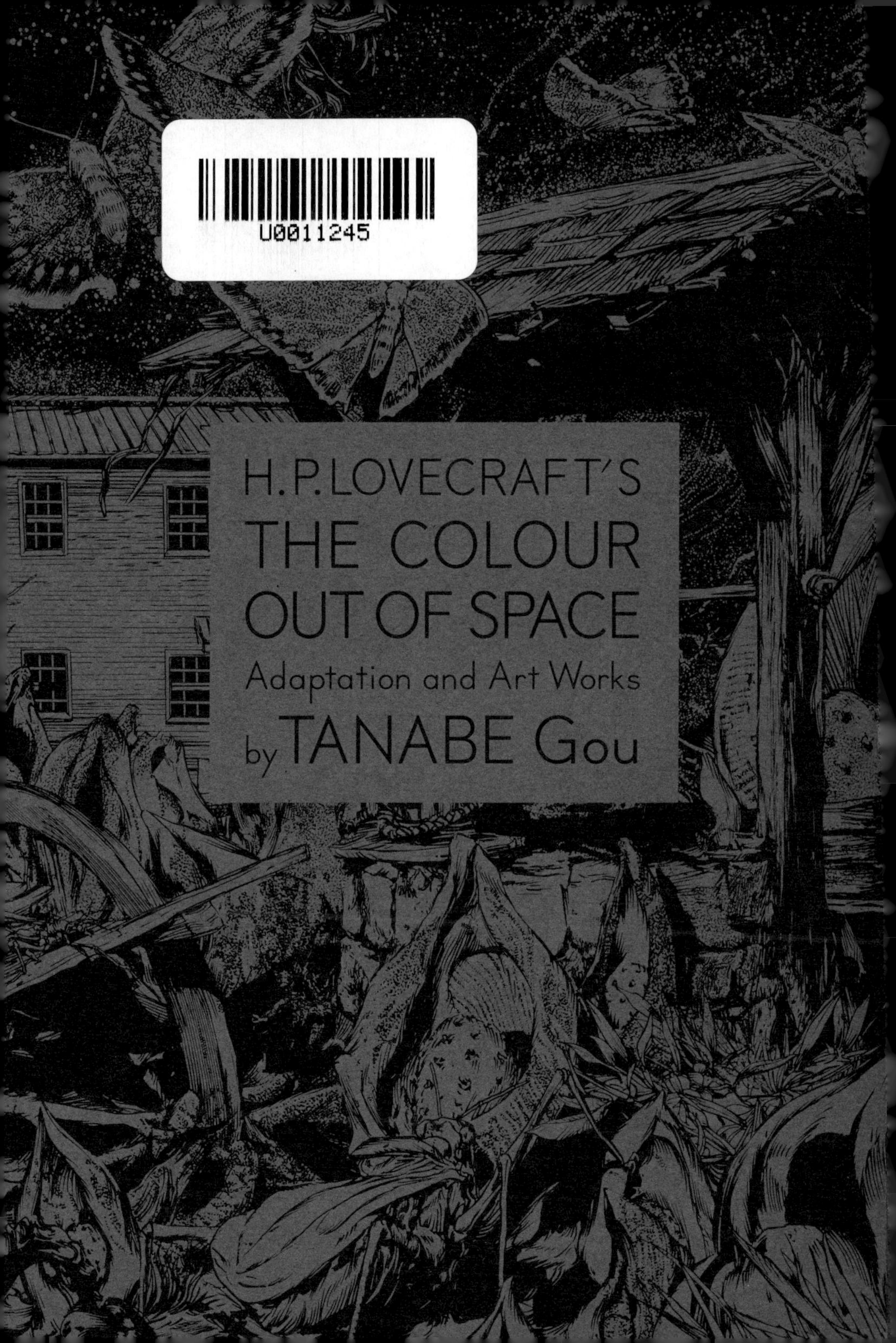

H.P. LOVECRAFT'S

THE COLOUR OUT OF SPACE

Adaptation and Art Works

by TANABE Gou

The Colour Out of Space
by H.P.Lovecraft

Written in March of 1927
Published in September 1927 in "Amazing Stories"

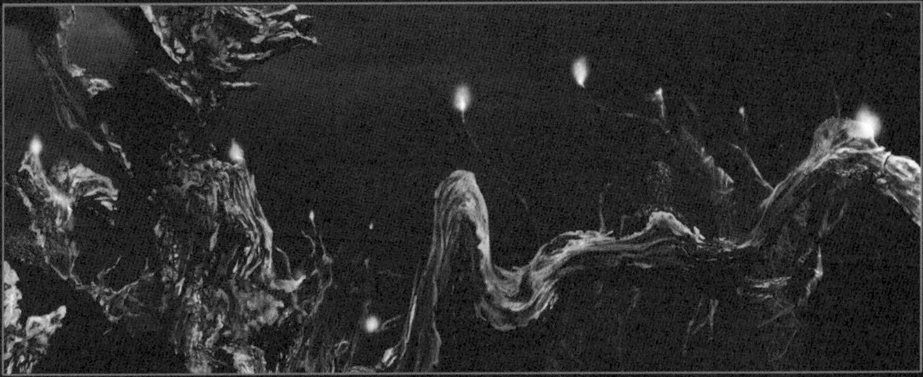

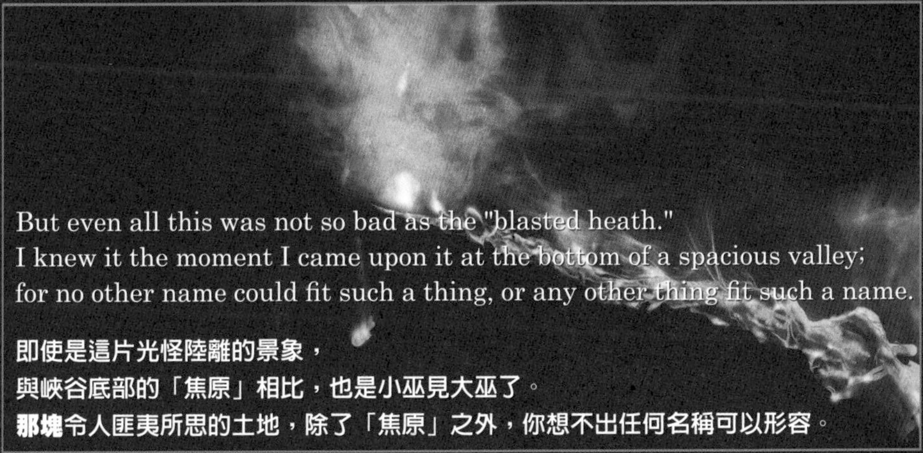

But even all this was not so bad as the "blasted heath."
I knew it the moment I came upon it at the bottom of a spacious valley;
for no other name could fit such a thing, or any other thing fit such a name.

即使是這片光怪陸離的景象，
與峽谷底部的「焦原」相比，也是小巫見大巫了。
那塊令人匪夷所思的土地，除了「焦原」之外，你想不出任何名稱可以形容。

And the secrets of the "strange days" will be one with the deep's secrets;
one with the hidden lore of old ocean,
and all the mystery of primal earth.

那「詭譎歲月」的祕密，終有一天將成為浩瀚神祕中的滄海一粟。
正如同那些自太古時代傳承下來的海洋傳說，以及原始地球的那些不解之謎。

It was just a colour - but not any colour of our earth or heavens.
若要加以形容，那就只能稱為**某種色彩**。
一種不存在於地球也不存在於天堂之中的色彩。

星之彩

洛夫克拉夫特傑作集

田邊剛

第 1 章

隕石

The Meteorite

爲了興建水壩，上級任命我爲調查員，前往那座峽谷訪查。
出發之前，有人告訴我，那是一塊受到詛咒的土地。
但我認爲那只是傳統鄉村自古流傳下來的迷信，類似魔女狩獵傳說，倒也不特別在意。

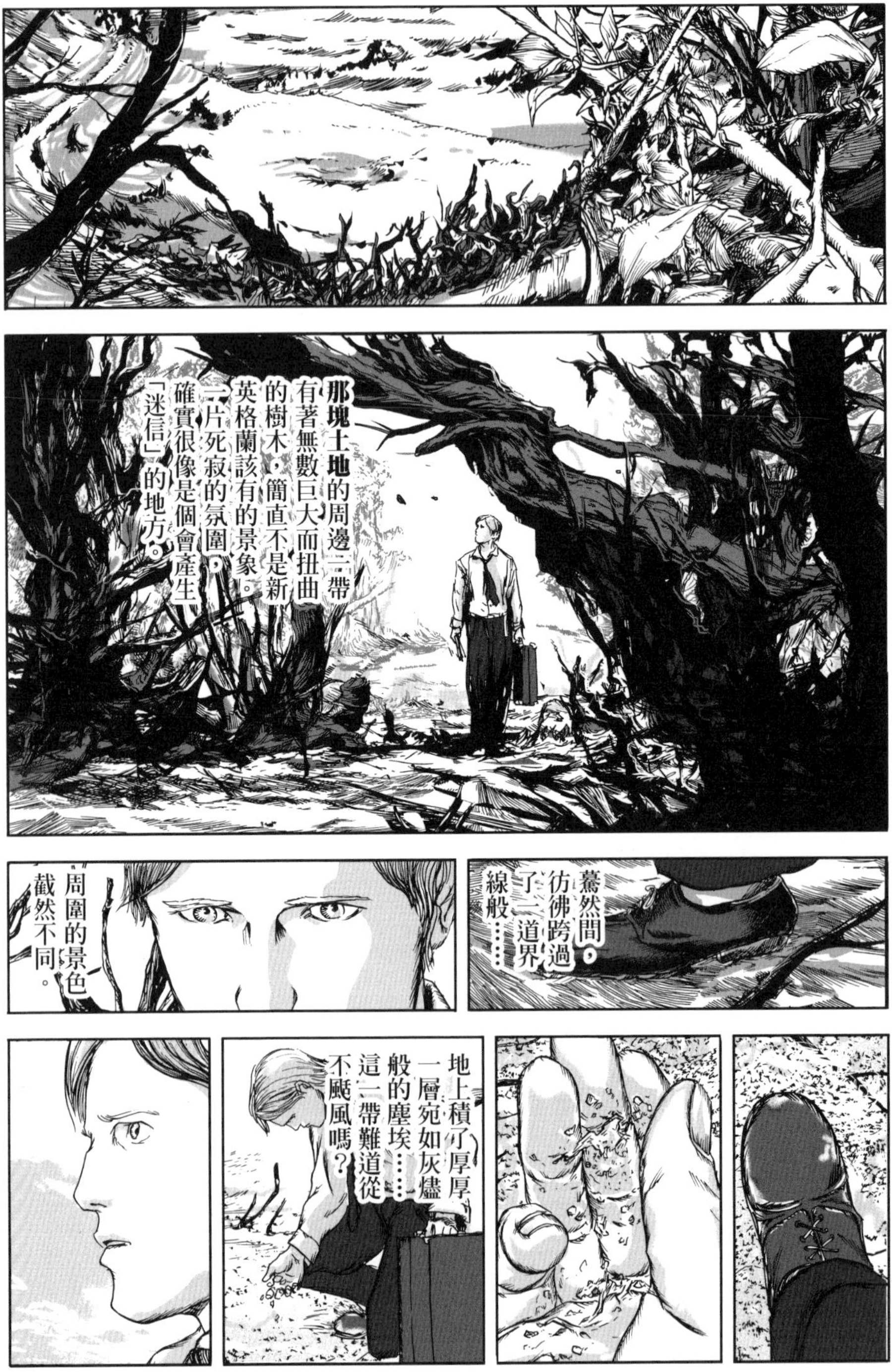
那塊土地的周邊一帶有著無數巨大而扭曲的樹木，簡直不是新英格蘭該有的景象。一片死寂的氛圍，確實很像是個會產生「迷信」的地方。
驀然間，彷彿跨過了一道界線般……
周圍的景色截然不同。
地上積了厚厚一層宛如灰燼般的塵埃……這一帶難道從不颳風嗎？

峽谷的底部宛如開了一個大洞……那是一大片有如遭酸性物質侵蝕過的灰色荒蕪土地。
在那片連雜草也沒有的荒涼土地上……
不知爲何竟然有一座廢棄的枯井，宛如強調著這裡曾經是個有人煙的地方。

我曾詢問阿卡姆市的耆老關於這塊土地的事。他們總是提醒我別靠近一個名叫亞米·皮爾斯的老人。
這反而讓我對亞米這個老人產生了興趣……
聽說他一個人居住在那片「焦原」的外圍……
開始長出樹木的一帶。
N. Gardner
A. Pierce
我決定前往拜訪他。

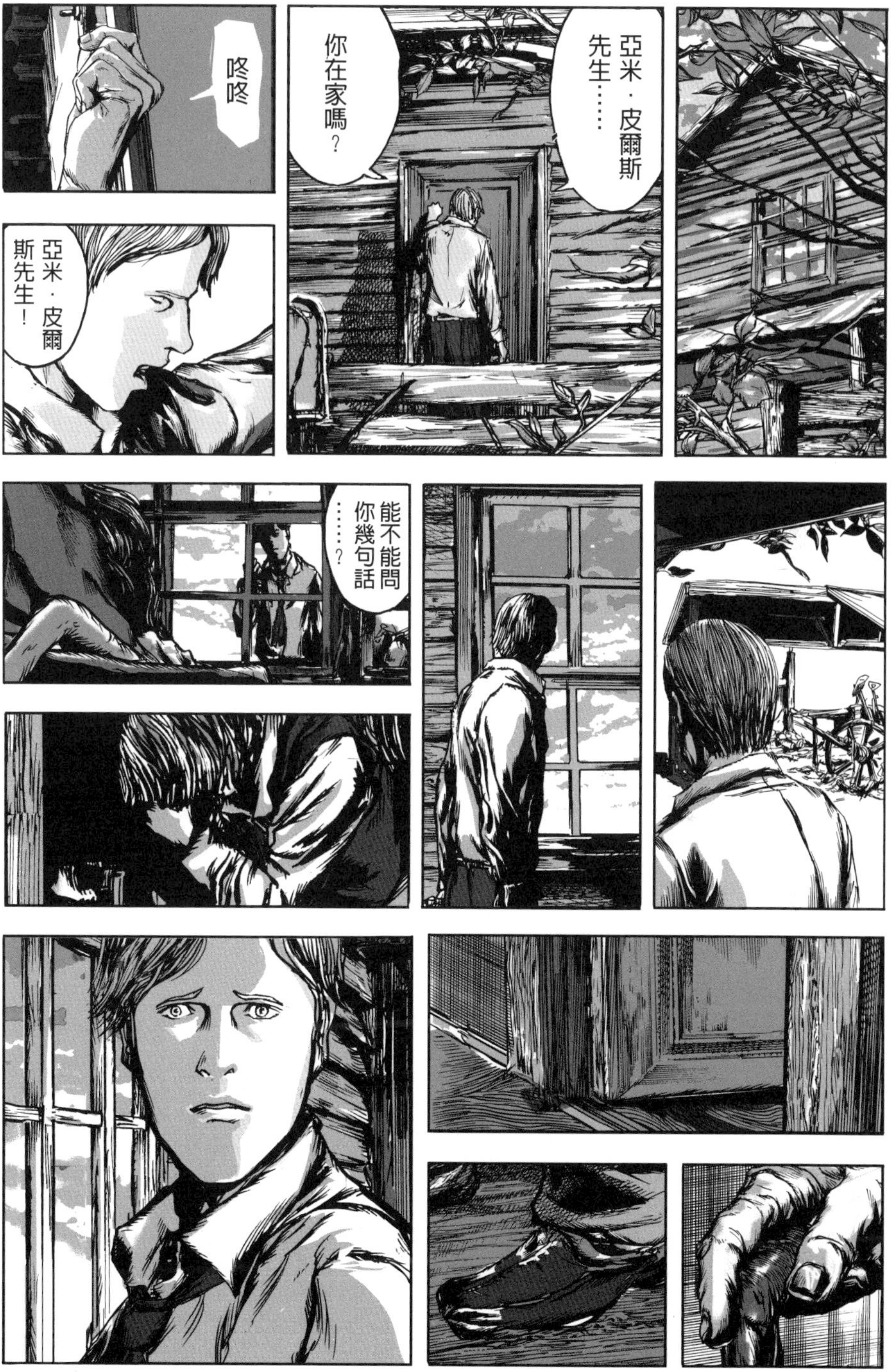
咚咚
亞米·皮爾斯先生……
你在家嗎？
亞米·皮爾斯先生！
能不能問你幾句話……？

有什麼事嗎？
是這樣的，我正在進行興建水壩的施工前調查……
為了提供阿卡姆市及鄰近地區……
充足的飲用水及工業用水，
我們要在這裡興建水壩。
包含這一帶在內，整座峽谷都會沉入水壩底下。
……
包含「焦原」？
……

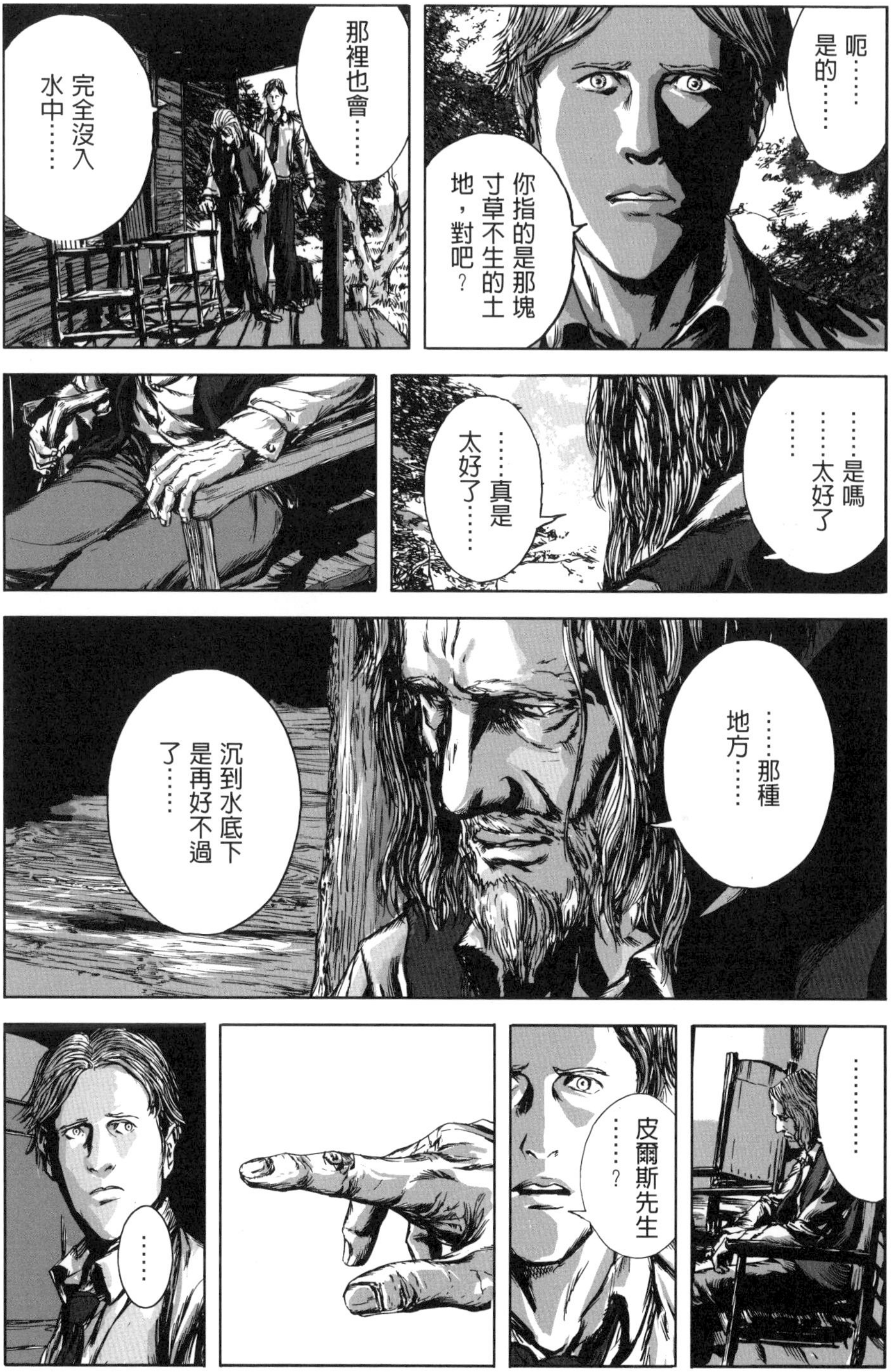
呃……是的……
你指的是那塊寸草不生的土地，對吧？
那裡也會……
完全沒入水中……
……是嗎……太好了……
……真是太好了……
……那種地方……
沉到水底下是再好不過了……
………
皮爾斯先生……？
……

可憐的涅荷姆．嘉德納一家人，當年就住在那個地方……
雖然已經過了幾十年，我還是忘不了那場殘酷的悲劇……
我們把那段發生悲劇的日子稱作「詭譎歲月」……
一切的禍端都是從那顆落在井邊的隕石開始，
就在涅荷姆山莊的果樹園裡……
隕石？

於是亞米．皮爾斯
對我訴說起那段
恐怖的歷史……

亞米！
那是什麼……
掉在涅荷姆家附近……

到底發生了什麼事？
啊！皮爾斯！
涅荷姆……這是怎麼回事？

掉下來一顆隕石！直徑至少有九呎！
那顆隕石就掉在我家的田裡！
九呎……這麼大的隕石？
是啊！那聲音很嚇人吧？
你的家人沒事吧？
只是受了點驚嚇，
沒有人受傷。
那太好了，涅荷姆……
你正要出門嗎？
我要到鎮上，告訴大家這件事。
畢竟隕石這種東西，可是相當難得一見。
雖然我沒讀什麼書，只知道種田，
但這顆隕石或許能對社會有什麼貢獻。
找些專家來看看，也算是盡市民的義務。

隔天早上，數名米斯卡塔尼克大學的教授來到了涅荷姆家。
亞米・皮爾斯也帶著妻子一同前往前往隕石落下的地點。
有什麼需要幫忙的地方，
盡管說別客氣。

嘉德納先生，你昨天不是說直徑有九呎嗎？
但我看這顆隕石的直徑只有七呎左右……
它好像縮小了，昨天明明更大的。
這不太可能吧？礦物怎麼可能會縮小？

不，是真的，昨天真的有九呎寬。
而且昨天晚上它在發光……
發光？
有點像是燐光……
看起來像是在燃燒。
而且它一直很燙。
……
嗯，確實很燙……
周圍地面也還殘留著熱氣。
隕石到底是什麼物質組成的？
為什麼會這麼燙？
大部份的隕石成分和地球上的岩石沒什麼不同，但宇宙中或許有一些我們不知道的礦物。
熱氣應該是在大氣層中摩擦所導致。

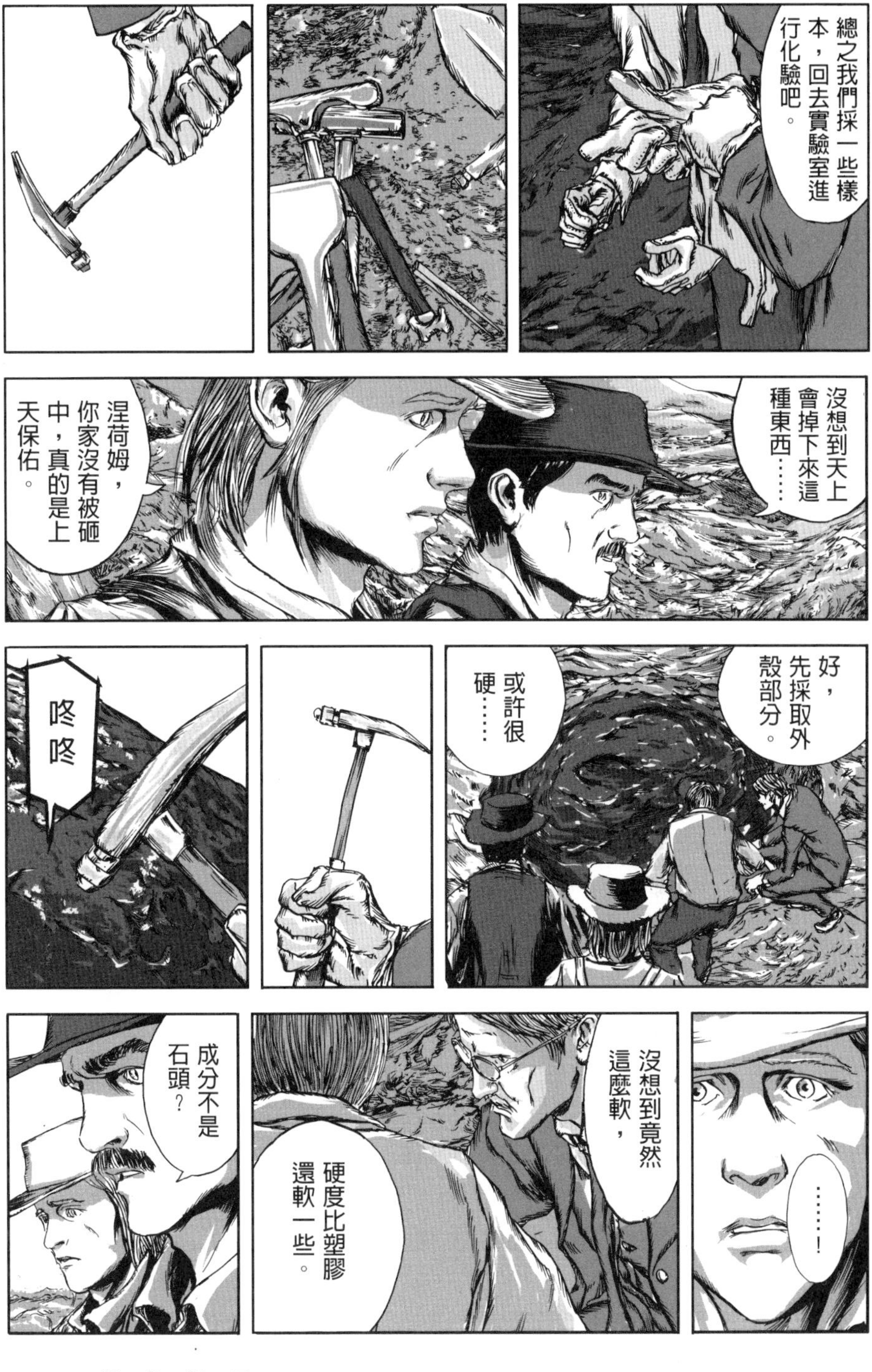
總之我們採一些樣本，回去實驗室進行化驗吧。
沒想到天上會掉下來這種東西……
涅荷姆，你家沒有被砸中，真的是上天保佑。
好，先採取外殼部分。
或許很硬……
咚咚
……！
沒想到竟然這麼軟，
硬度比塑膠還軟一些。
成分不是石頭？

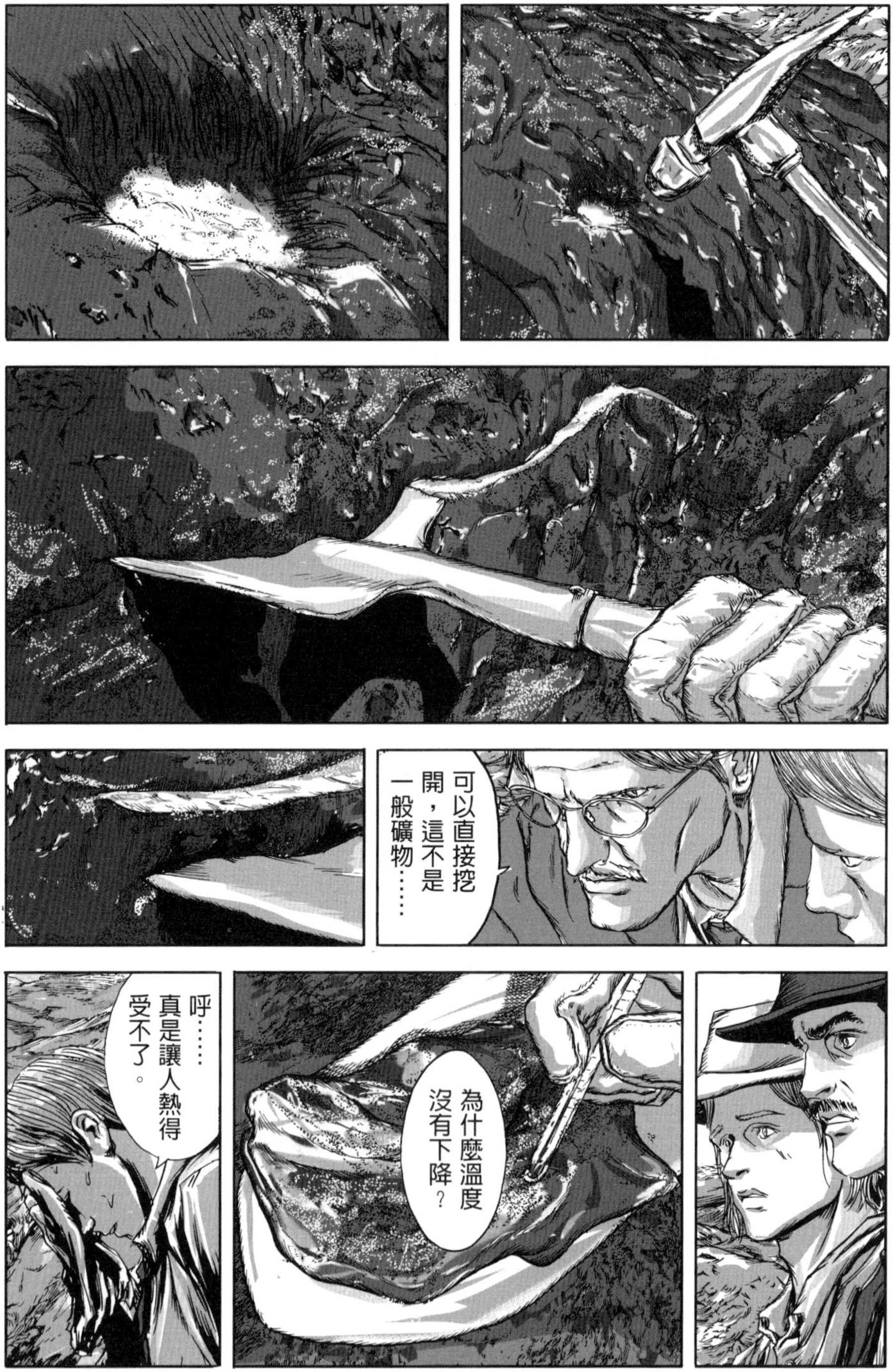
可以直接挖開，這不是一般礦物……
呼……真是讓人熱得受不了。
為什麼溫度沒有下降？

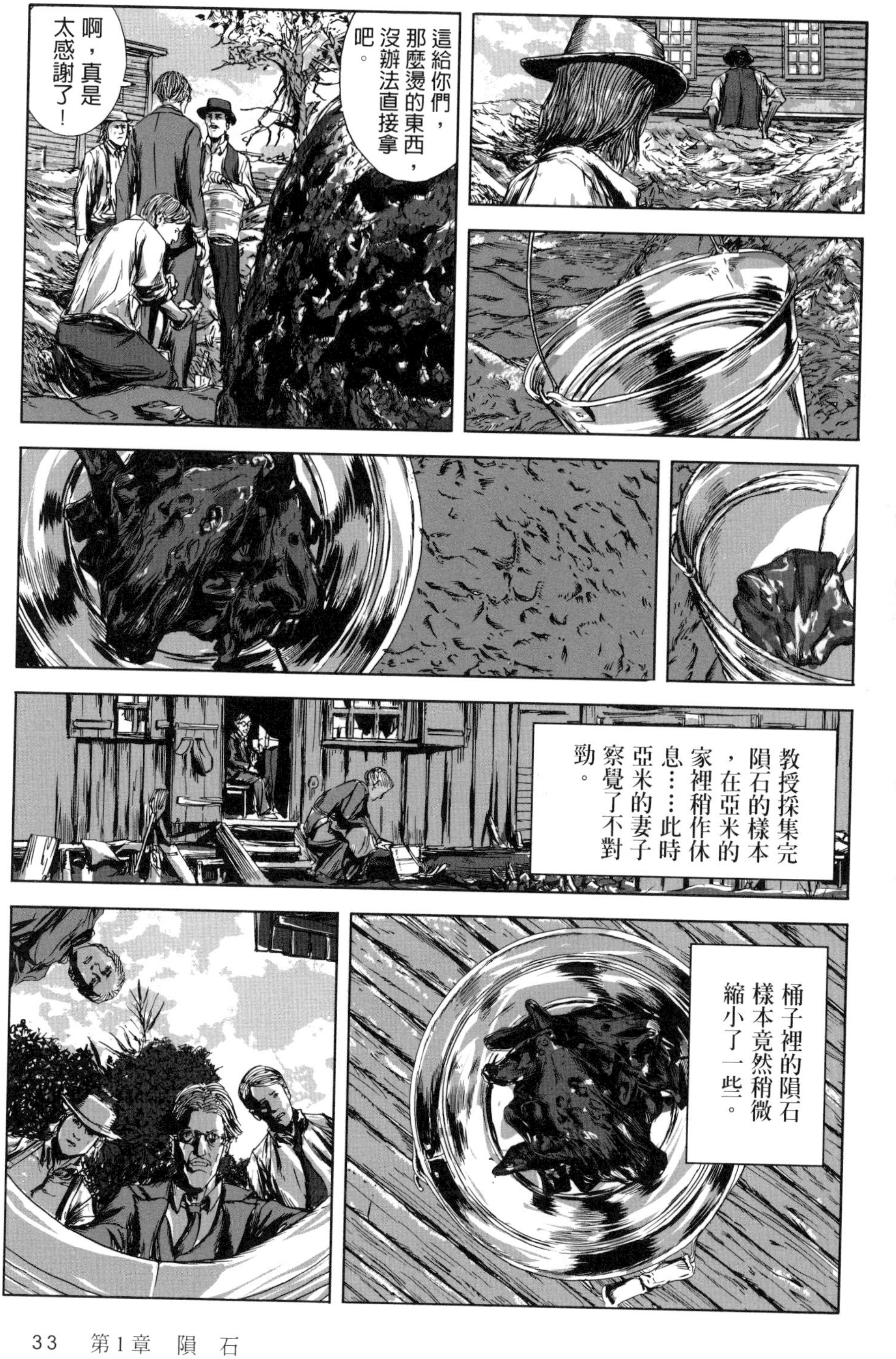
這給你們，那麼燙的東西，沒辦法直接拿吧。
啊，真是太感謝了！
教授採集完隕石的樣本，在亞米的家裡稍作休息……此時亞米的妻子察覺了不對勁。
桶子裡的隕石樣本竟然稍微縮小了一些。

到了隔天，教授一臉激動地再度來訪。
皮爾斯先生！
那隕石的性質完全超越了我們的知識！
麻煩你再帶我們到掉落現場！
化驗出了什麼結果？
我們正在進行調查，沒想到它竟然消失了！
咦？消失了？
隕石樣本完全消失不見了！
那隕石真是太神奇了……實驗過程中，發生了好多難以解釋的現象。

不管以什麼方式加熱，都維持著不揮發性，完全不產生任何氣體。
鹽酸、硝酸、氨水、氫氧化鈉、酒精、乙醚……不管任何溶劑都無法使其產生反應。
在暗室裡確實會發出微弱的螢光。
而且不知道為什麼，它一直維持著極高的溫度。
至少我們可以肯定這隕石是一種金屬礦物。
上頭隱約有著鐵隕石常見的魏德曼紋路。
而且也帶有磁性。
有可能是不為人知的新元素……
教授！請來看看光譜儀上的這個奇妙光譜……
！
光譜？

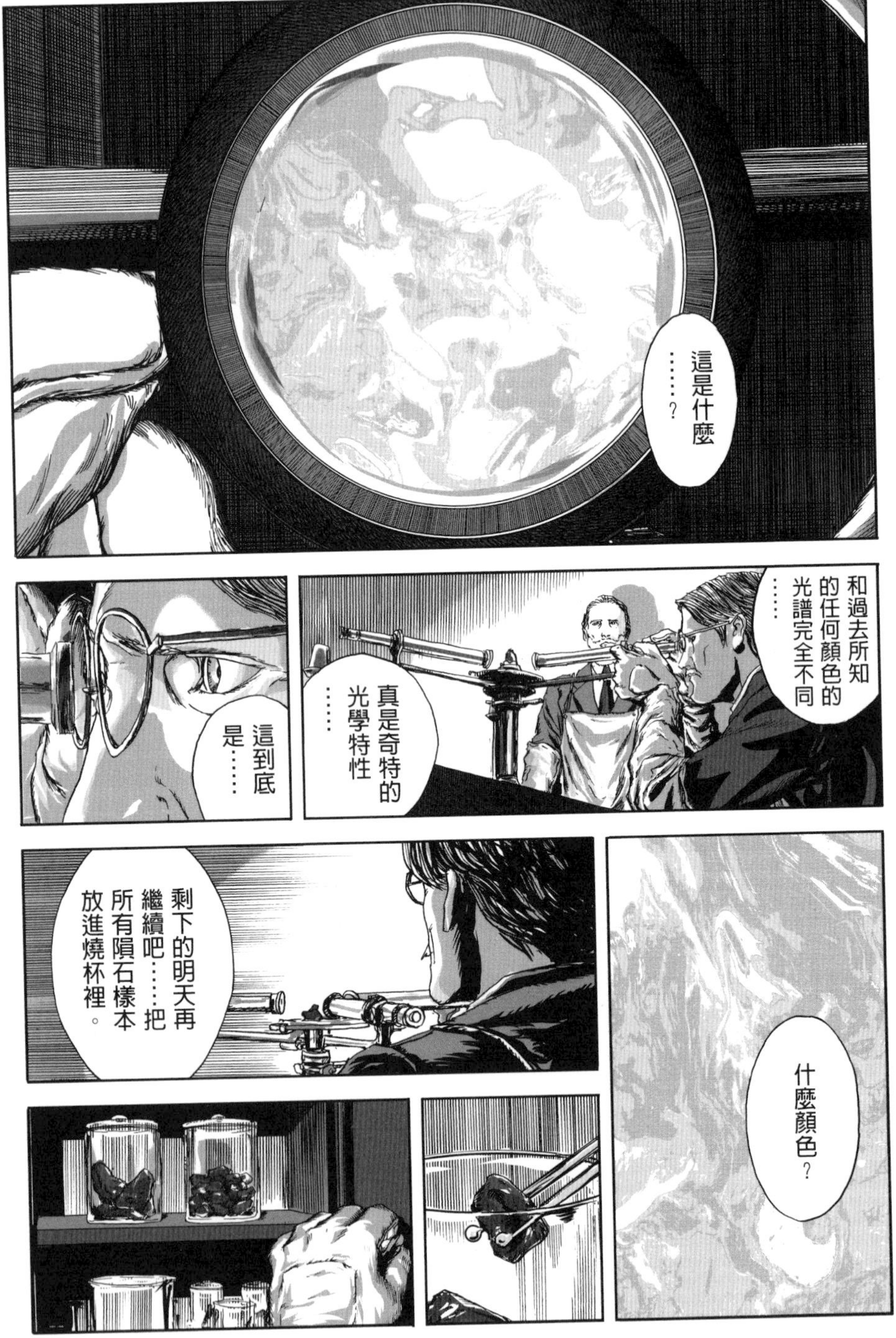
這是什麼……？
和過去所知的任何顏色的光譜完全不同……
真是奇特的光學特性……
這到底是……
什麼顏色？
剩下的明天再繼續吧……把所有隕石樣本放進燒杯裡。

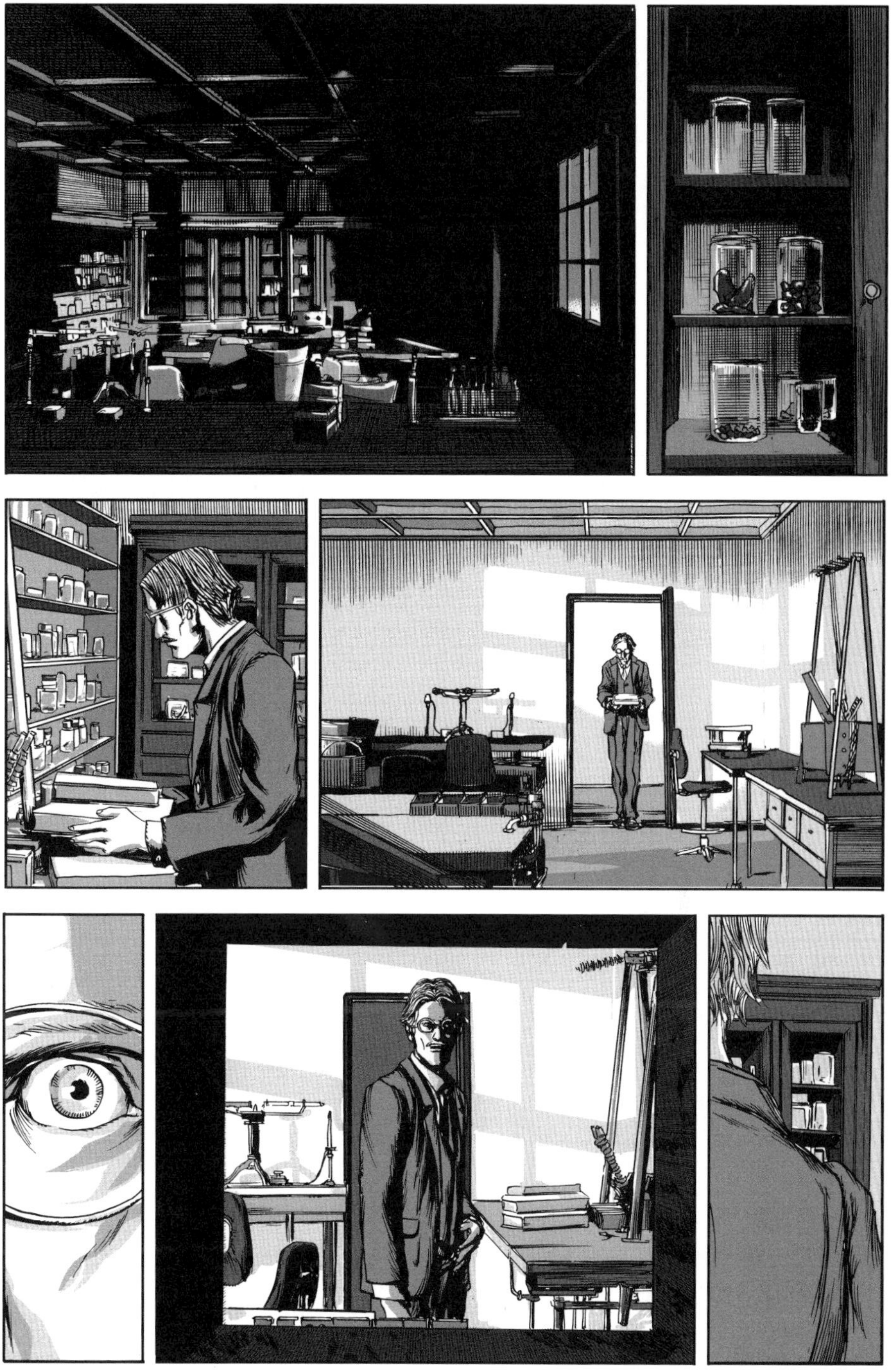

連燒杯也不見了？
架子上只留下一些燒焦的痕跡
總之再麻煩你帶路了。

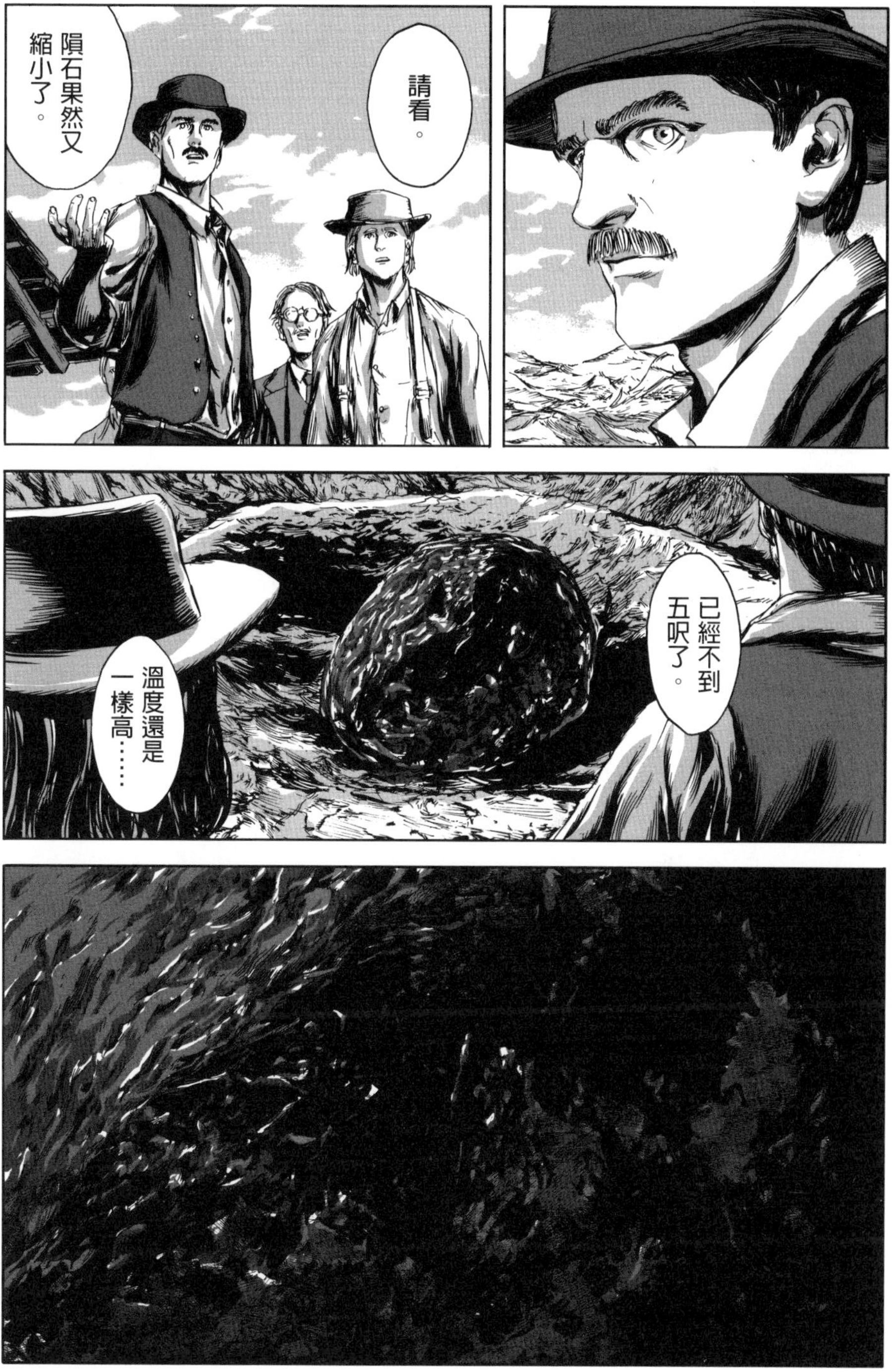
請看。
隕石果然又縮小了。
已經不到五呎了。
溫度還是一樣高……

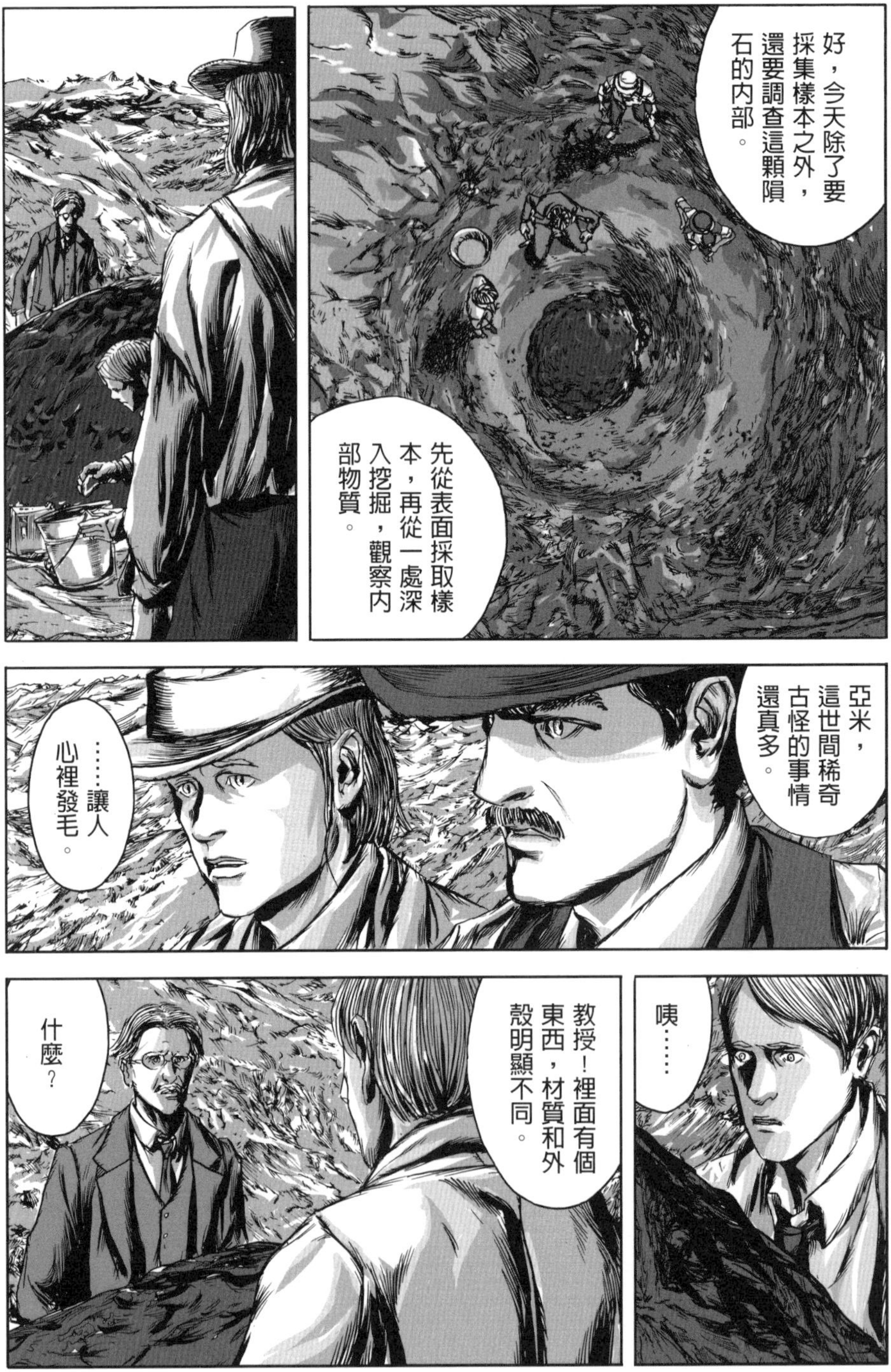
好，今天除了要採集樣本之外，還要調查這顆隕石的內部。
先從表面採取樣本，再從一處深入挖掘，觀察內部物質。
亞米，這世間稀奇古怪的事情還真多。
……讓人心裡發毛。
咦……
教授！裡面有個東西，材質和外殼明顯不同。
什麼？

這個顏色……
跟實驗室裡那個……
光譜儀看到的一樣。
似乎是球狀物，挖出來看看吧。
那個光，我那晚看到的就是那個光……
我從來沒有看過那種顏色……

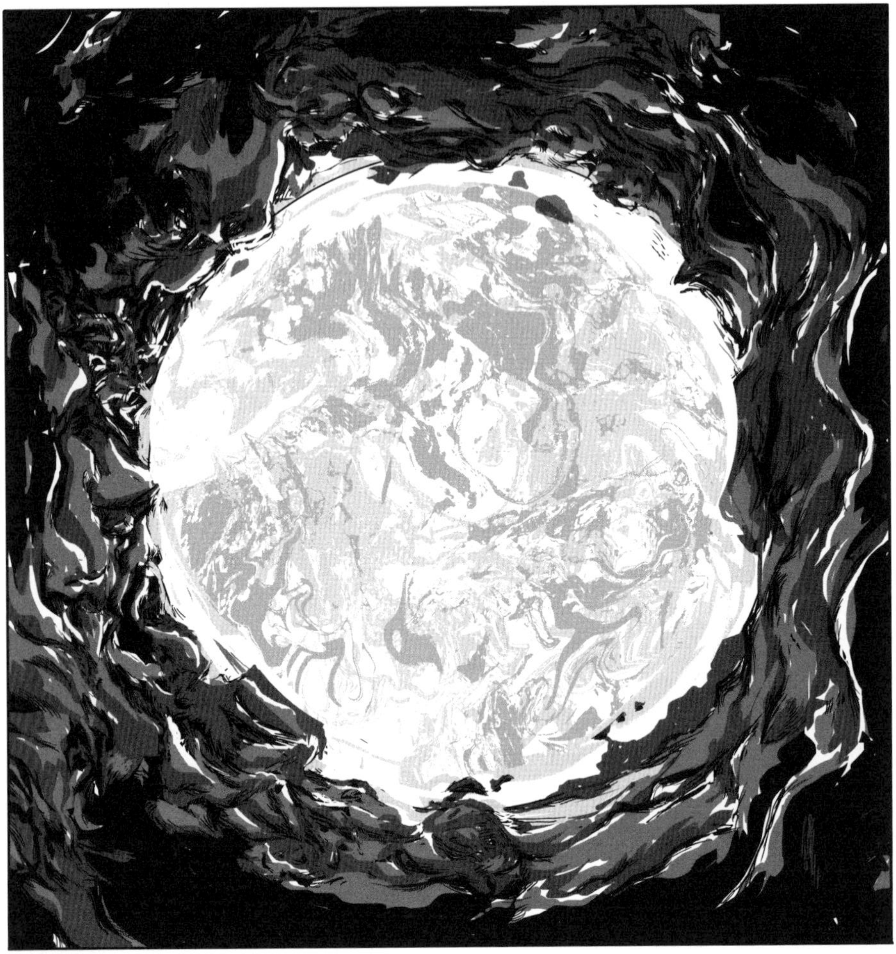

第 2 章

某種色彩

A Colour

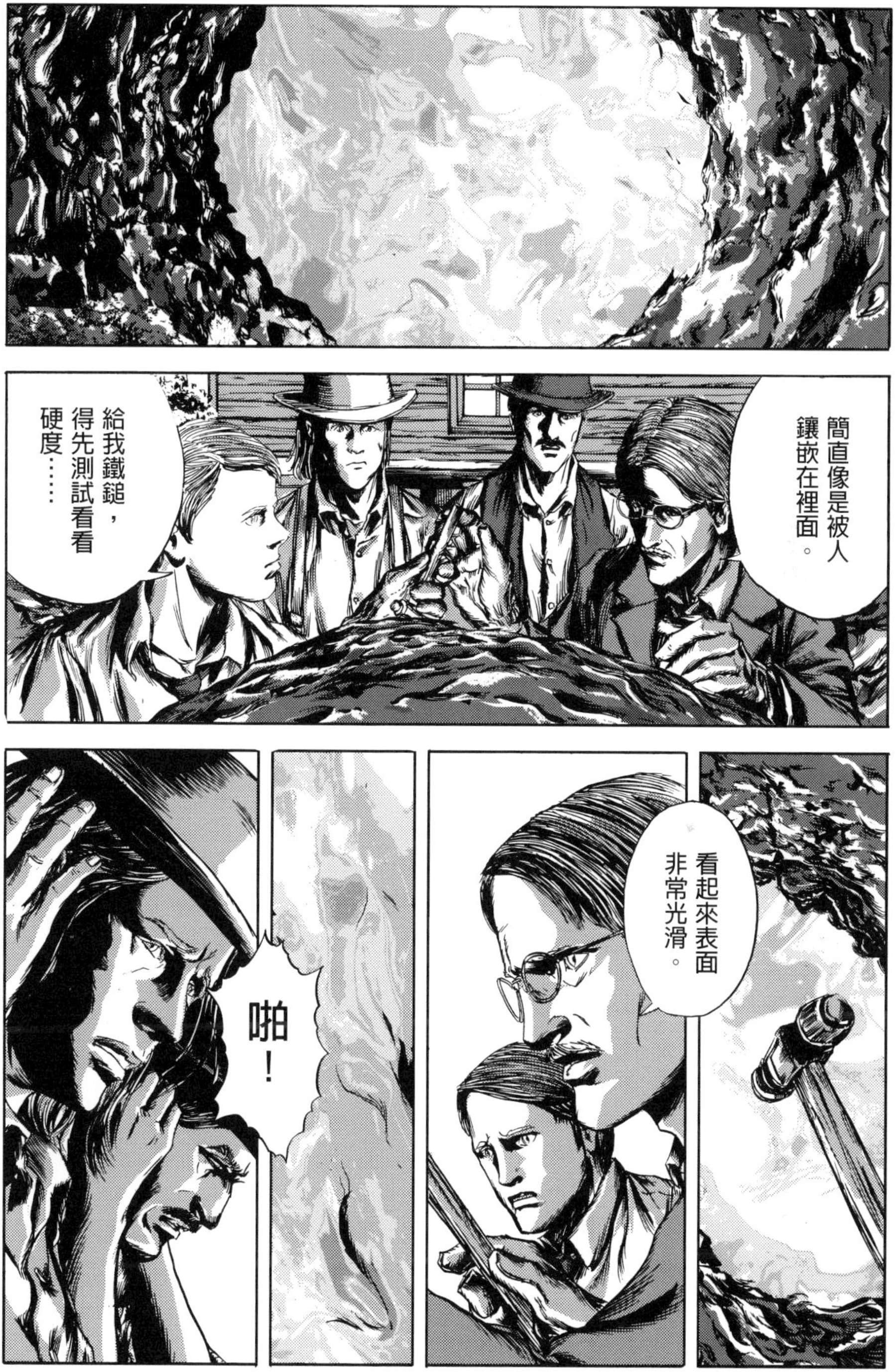
簡直像是被人鑲嵌在裡面。
給我鐵鎚，得先測試看看硬度……
看起來表面非常光滑。
啪！

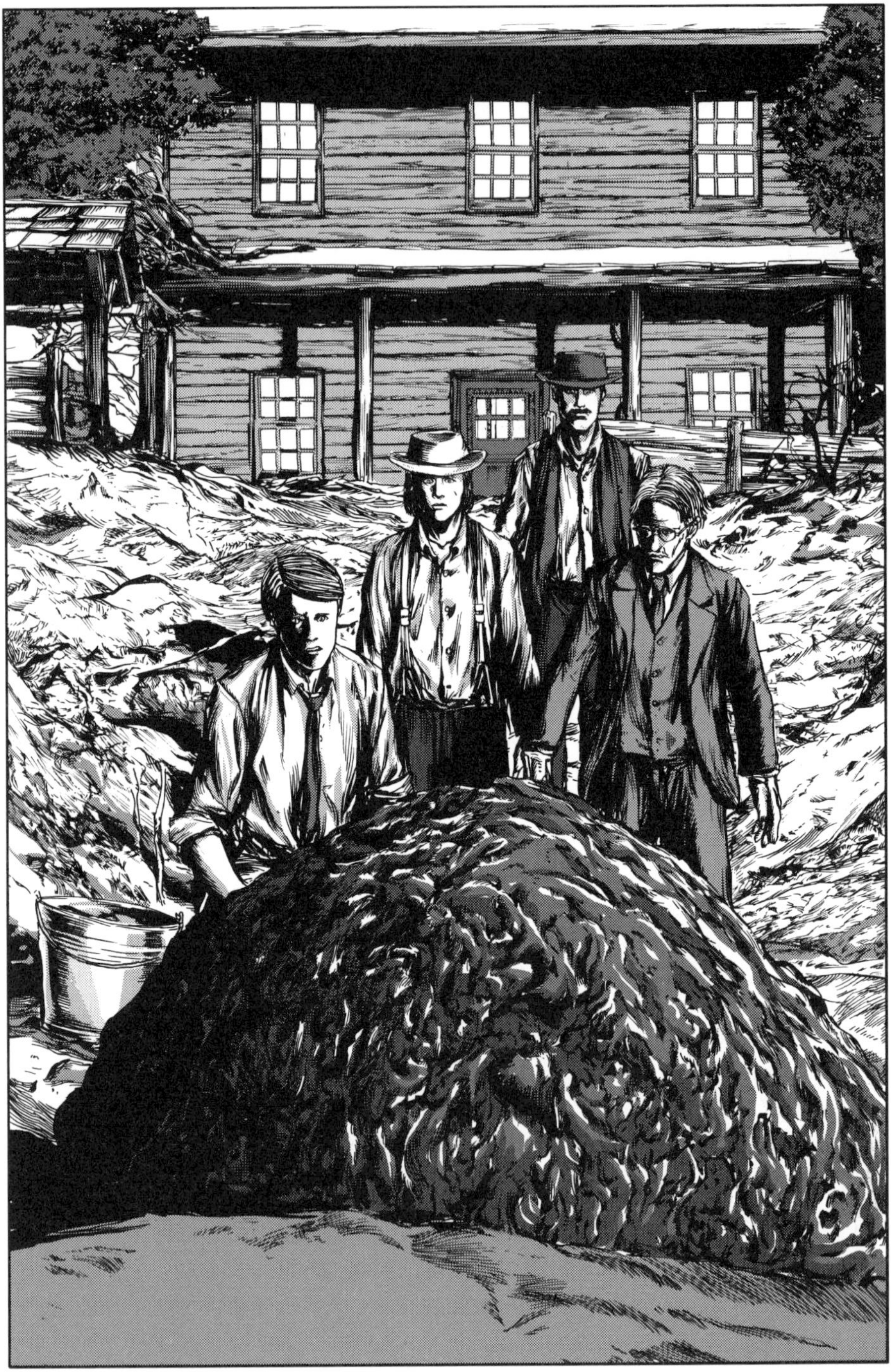

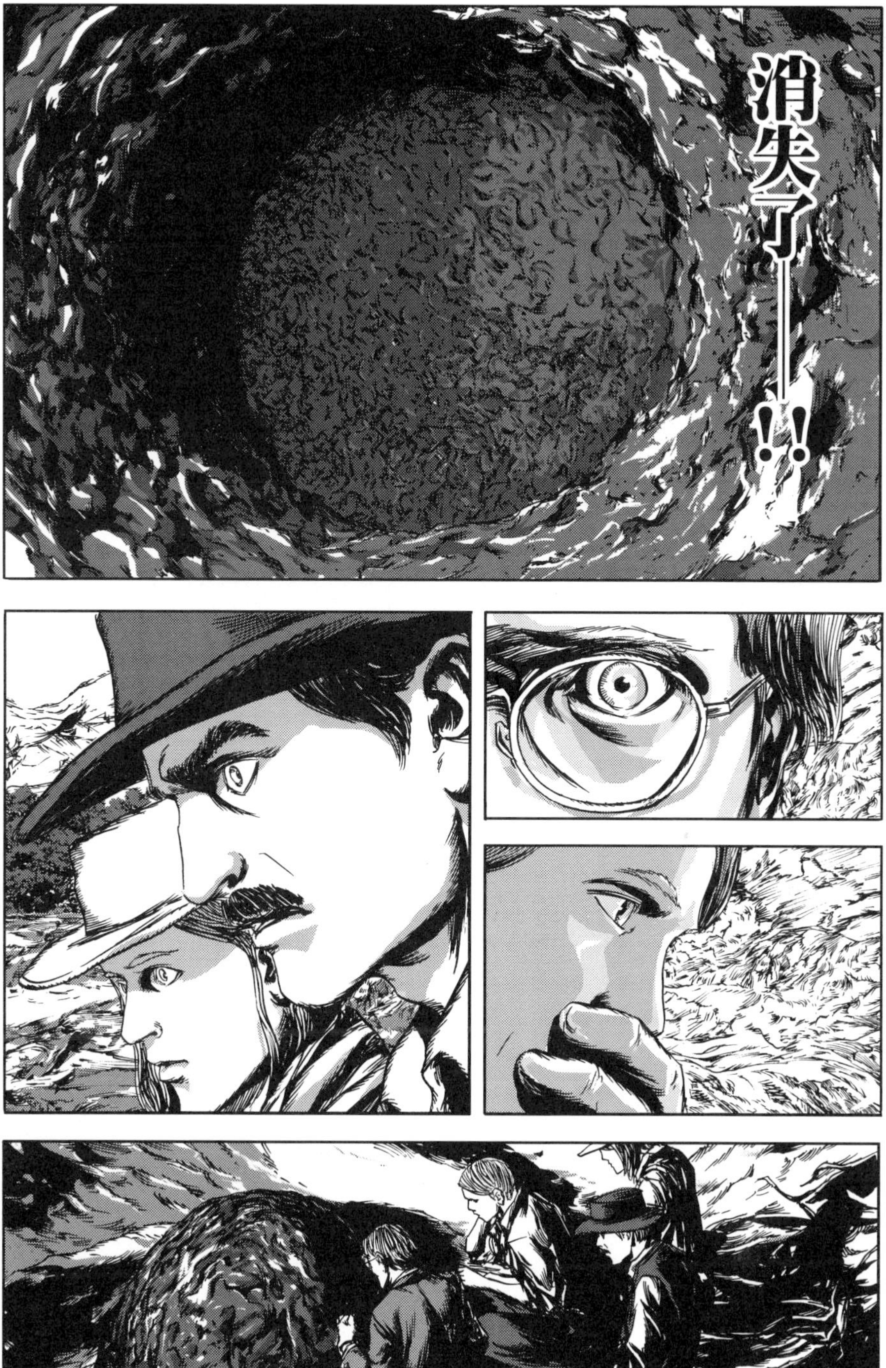
消失了——!!

教授們推測只要隕石繼續縮小，應該又會出現相同的球狀物。
他們以鑽子在隕石的表面鑽了好幾個洞。
卻是徒勞無功，那顏色古怪的球狀物再也不曾出現。
教授一行人一頭霧水，只能帶著樣本先回大學再說。

那天晚上下起
了大雷雨。
轟隆隆

啪
啪
啪
滋滋
轟
滋滋
轟隆轟隆……
啪！

隔天教授們再回到嘉德納家時，臉上皆難掩失望之色。
因爲在大雷雨過後，隕石的落下處只剩下一個坑洞。
隕石會呼喚閃電？
是真的，一個小時之內，有六道閃電打在隕石上面。

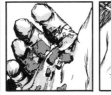

教授等人花了很多時間在隕石坑附近挖掘，
卻連一小塊隕石的碎片也沒有找到。
那不應該存在於地表的異界物質，就這麼完全消失了。

教授他們只好回到實驗室，繼續研究收藏在鉛盒裡的隕石樣本。
但完全沒有進展，一星期之後，所有隕石樣本也都消失了。
那奇妙的物質，彷彿來自於凡人難以臆度的外宇宙深淵。
就像是一道神祕的訊息，帶給教授等人無盡的不安。
阿卡姆市的報社在大學的協助下，大篇幅報導了這起隕石事件。
涅荷姆一夕之間成爲社會上的風雲人物，但他一直表現得謙虛低調，從不以此自豪。
Boston
magazine

涅荷姆與亞米從小就認識，
雙方的家庭經常互相往來。
涅荷姆的妻子與剛出生不久的么子馬溫，
穩重低調的長子傑納斯，
活潑好動的次子薩都斯，
這個家庭不僅溫馨和睦，而且主人涅荷姆更是個謙沖誠實的人物。
他們曾經是亞米最重要的摯友。

到了那一年的八月。
呼……
你怎麼了？
最近特別容易疲倦，
而且這天氣熱得讓人受不了。
你是不是哪裡不舒服？
沒有，只是年紀大了。

到了秋天，涅荷姆的果樹園呈現一片大豐收的景象。
我從來沒看過這麼大的蘋果。
色澤也很漂亮，看來得配合這個大小，訂製一些木桶才行。
真的很大，或許你該提早採收。

這是什麼味道……
實在太難吃了。
這顆也一樣。
有種讓人作嘔的苦味。
每一顆都是這種味道。
這到底是怎麼回事？
是那顆隕石！

一定是那顆隕石散播了某種毒素，
污染了這一帶的土壤。
爸爸，
下面的番茄田……

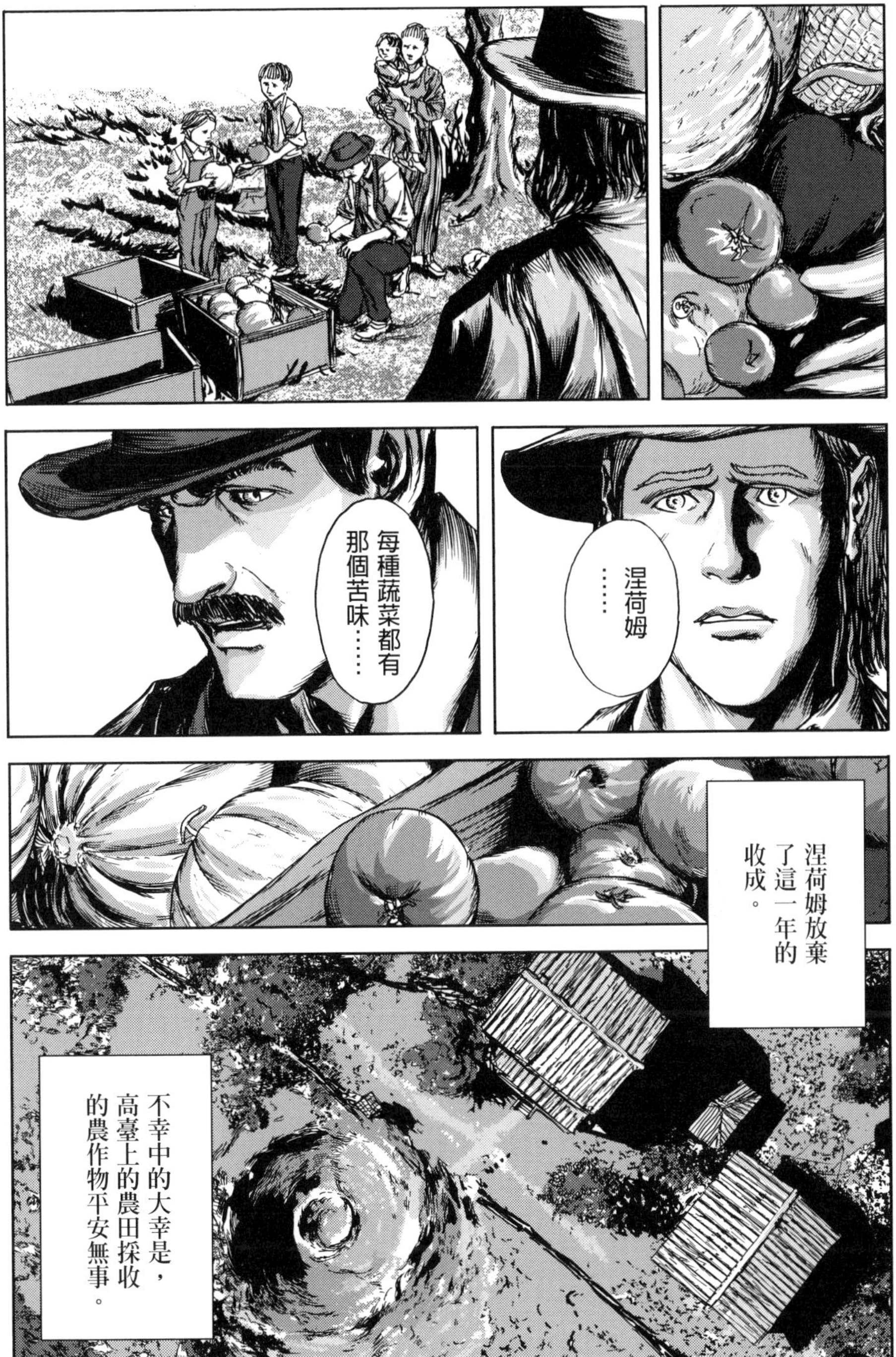
每種蔬菜都有那個苦味……
涅荷姆……
涅荷姆放棄了這一年的收成。
不幸中的大幸是，高臺上的農田採收的農作物平安無事。

這年的冬天比往年寒冷得多。
涅荷姆變得很少拜訪亞米家。
亞米可以感覺得出來，涅荷姆家正陷入一片愁雲慘霧。

STORE
最近涅荷姆還好嗎？
他變得很少到鎮上來……
收成的事情，還是讓他悶悶不樂嗎？
我還要這個，
全部裝一袋吧。
……他最近連我家也不來了，
我也很擔心他。
他現在連教堂的禮拜也不來，以前他從不缺席的。
大家都在說，他家裡可能有人生病了……

涅荷姆……你最近好嗎？
鎮上的人都在擔心你。
聽說你連教堂也不去了？
嗯……是啊……
你該不會是身體不舒服吧？
還是家裡有人生病了？

沒什麼，只是天氣太冷，有點感冒了而已……
另外還發生了一點事情，不過都沒什麼大不了……
涅荷姆，你現在在做什麼？
這些兔子的足跡不太對勁……
現在是冬天，兔子的足跡並不稀奇吧？
不，這足跡的樣子不太對……大小也不對……
找個時間來我家聚一聚吧。
我老婆也說想見見你的家人。
真的不對勁……

涅荷姆？
……
好像有什麼東西變了樣……

第 3 章

詭譎歲月

Strange Days

自從隕石落在住家旁邊，涅荷姆・嘉德納陸陸續續遭遇了許多不幸的事件，使得他不管是精神上還是肉體上，都疲憊不堪。
因此當涅荷姆聲稱雪地上的兔子足跡不太對勁時，亞米・皮爾斯並不太在意，猜想涅荷姆只是壓力太大才會說出這種話。

但是就在某天晚上，亞米正從克拉克角要趕回家……
希洛，抱歉今天太晚了，再忍耐一下。
啡啡……
!?
啡啡啡！

怎麼了？
冷靜點！
希洛，
你怎麼了？
！
原來只是一隻
兔子……
沒什麼
好怕的，
過去吧！
啡啡……
……！

!?
那一跳的高度
及距離，都讓
人毛骨悚然。
自從這件事之後，
亞米才相信了
涅荷姆的話。

涅荷姆，
上次的月圓之夜，我經過你家附近時，
遇上了一隻奇怪的兔子。
……
狗嗎？
奇怪的不止是兔子，所有事都不太對勁……
我的狗不知在害怕什麼。

涅荷姆家一帶確實發生了很多怪事。
村裡的人都很害怕經過那裡。
但總不能讓涅荷姆孤立無援。
每次經過那座農場附近，馬兒就會開始不安分。
我兒子也說絕對不再去那個地方……
為什麼會這麼說？
上次他們在隕石掉落處附近的……
森林裡打獵。

砰！
打到了嗎？
嗯，應該是一隻土撥鼠……
……太大了吧。
會不會是狼？
咦……？
難道是狗？
這毛有點古怪……
怎麼回事？

真的很大，而且很沉重……
這不是狼。
嘎……！
哇！牠還活著！
這種尖牙!?絕對不是土撥鼠。
這到底是什麼？

真的不是土撥鼠嗎？
聽說是從來沒看過的動物。
他們心裡害怕，沒有把屍體帶回來。
所以我也沒有親眼看過。
……
正是這一連串的異常事件，逐漸形成了長年流傳的「傳說」。

三月的某天早上，有個叫史蒂芬·萊斯的男人經過嘉德納的農場附近……
那是怎麼回事？
涅荷姆家附近……
地上的積雪都融化了。
怎麼會有這種事？
這一帶向來有奇怪的傳聞，
自從掉了那顆隕石之後……
？
嗚！好臭！
……
風是那個方向吹來的。

這株草長得好奇怪。
形狀看起來像是臭菘，
但是太大了，樣子也不太對，而且好臭……
一般土地絕對不會長出這種草。
簡直像是怪物。
當時涅荷姆的土地遭隕石毒害的「事實」，已經在村人之間傳開了。
因此萊斯立刻把這株草的事情通知了米斯卡塔尼克大學。

臭菘這種植物本來就有各種不同的風貌及顏色，或許是某種隕石中的礦物質毒素……
滲透進土壤中，導致長出了變種的臭菘。
反正過一段時間，毒素就會被地下水沖洗乾淨。
但是，教授……
這附近發生了太多古怪的事情。
不僅有奇怪的兔子，馬也變得很奇怪……
大概是因為那場隕石騷動……
引發了村民無謂的幻想。
教授他們抱持著輕蔑的態度，一心認爲村民太迷信了。
正因爲這種心態，讓他們沒有發現臭菘的顏色與隕石的光譜顏色很像……

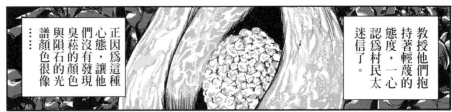

傑納斯，你在做什麼？
快坐下來吃飯。
……樹發出了聲音。
今天沒有風，樹怎麼可能發出聲音？
真的有聲音……
每棵樹都在發出聲音……
!

傑納斯！
你怎麼了？
振作點！傑納斯！
傑納斯與薩都斯變得常常會毫無前兆地失去意識。
涅荷姆家到底發生了什麼事？
真讓人不舒服……

到了虎耳草陸續開花的季節……
涅荷姆的土地上再度出現了詭異的色彩。
沒錯，這就是出現在隕石中的那個顏色……

好大的喪服蛺蝶……

進入春天之後……
涅荷姆的果樹園更是開出了各種色彩詭異的花朵。
隨著季節的變遷，這些色彩詭異的植物漸漸入侵住宅的後院及附近的牧草地。
已經沒救了……
涅荷姆……

這塊土地已經沒救了。
在土壤中的毒素消失之前，
再怎麼耕種也是徒勞無功。
到了夏天，
或許草木會把土壤中的毒素吸乾淨。到時候……
……

跳
唰！
撥

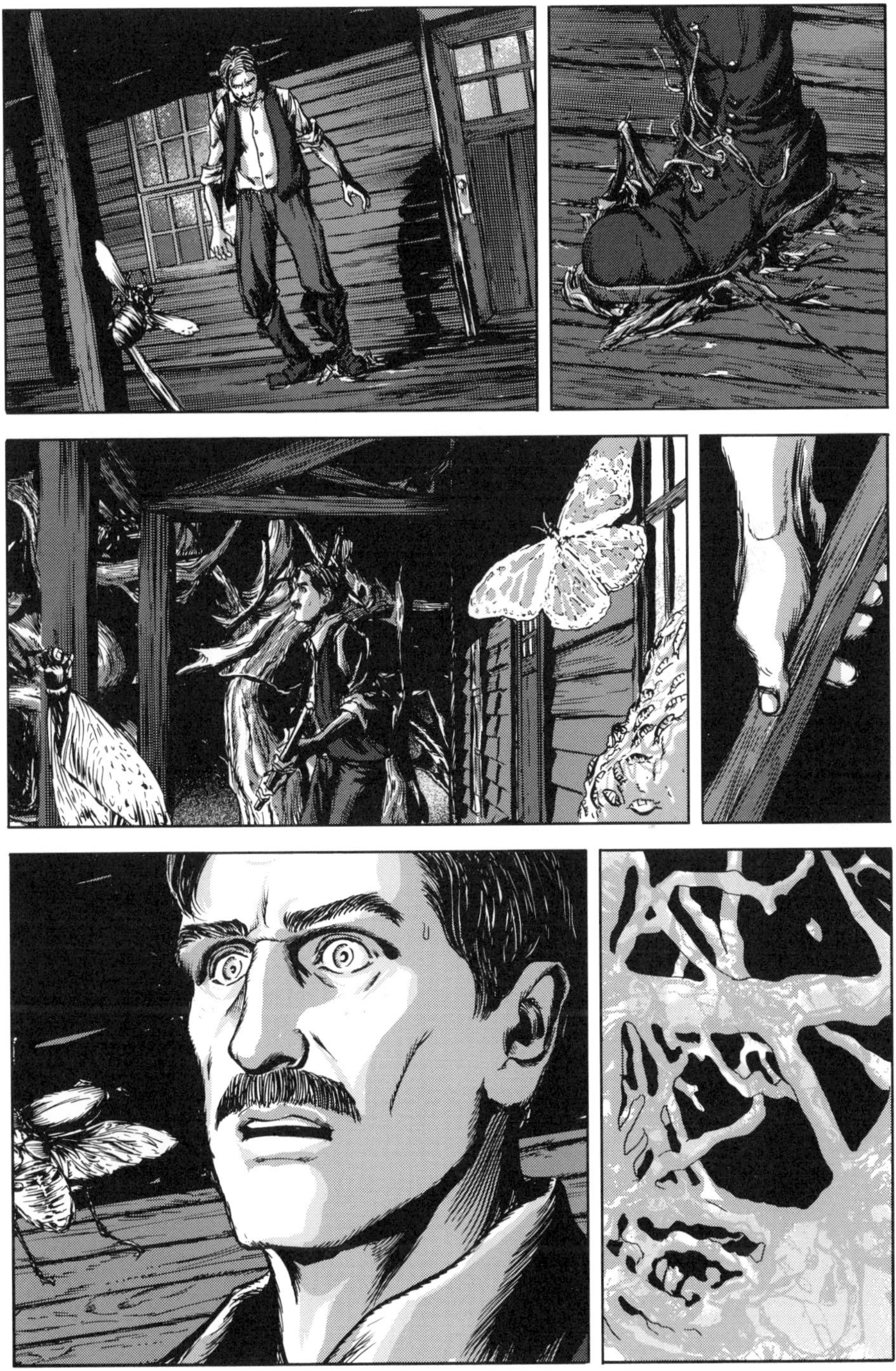

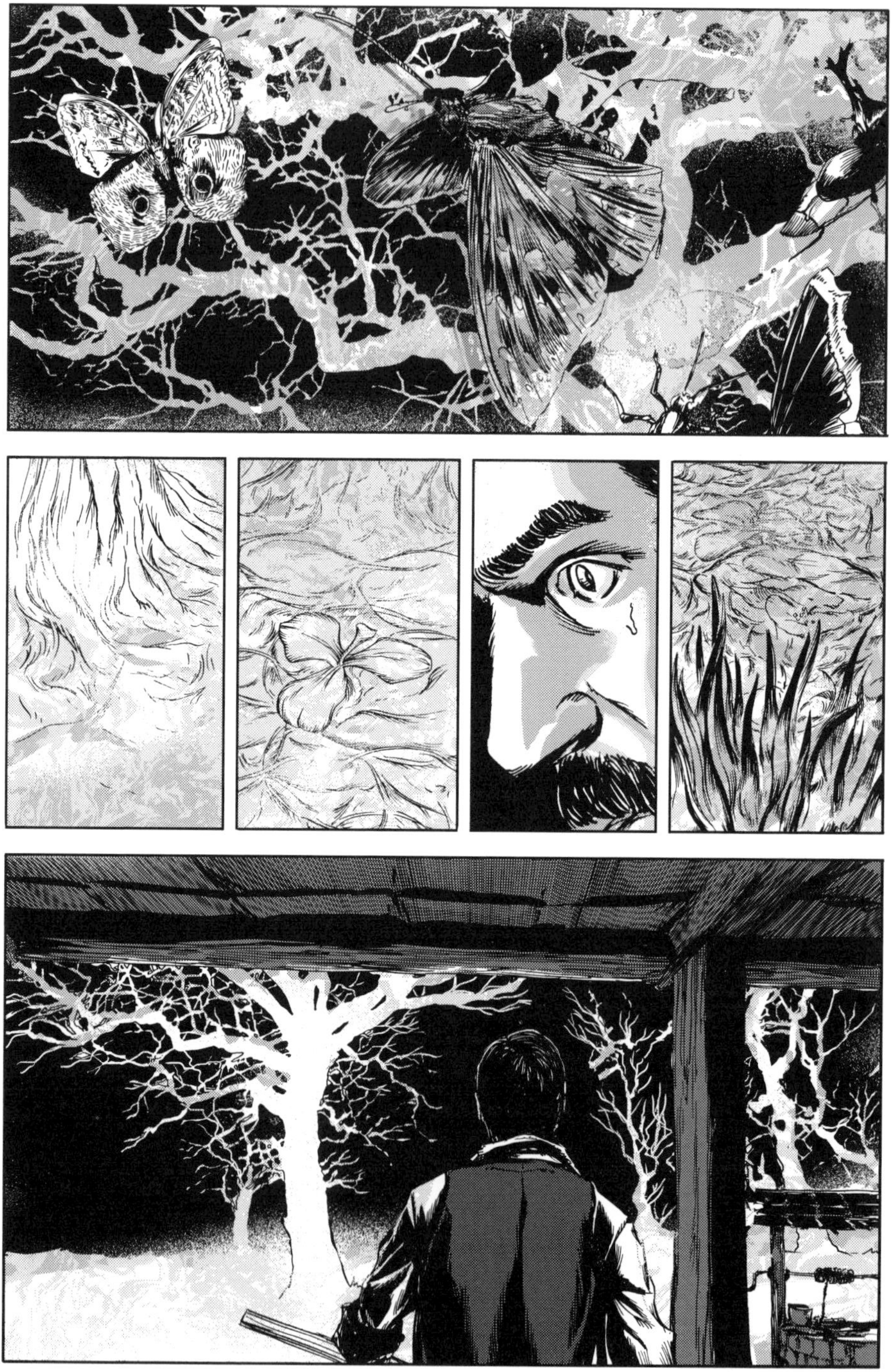

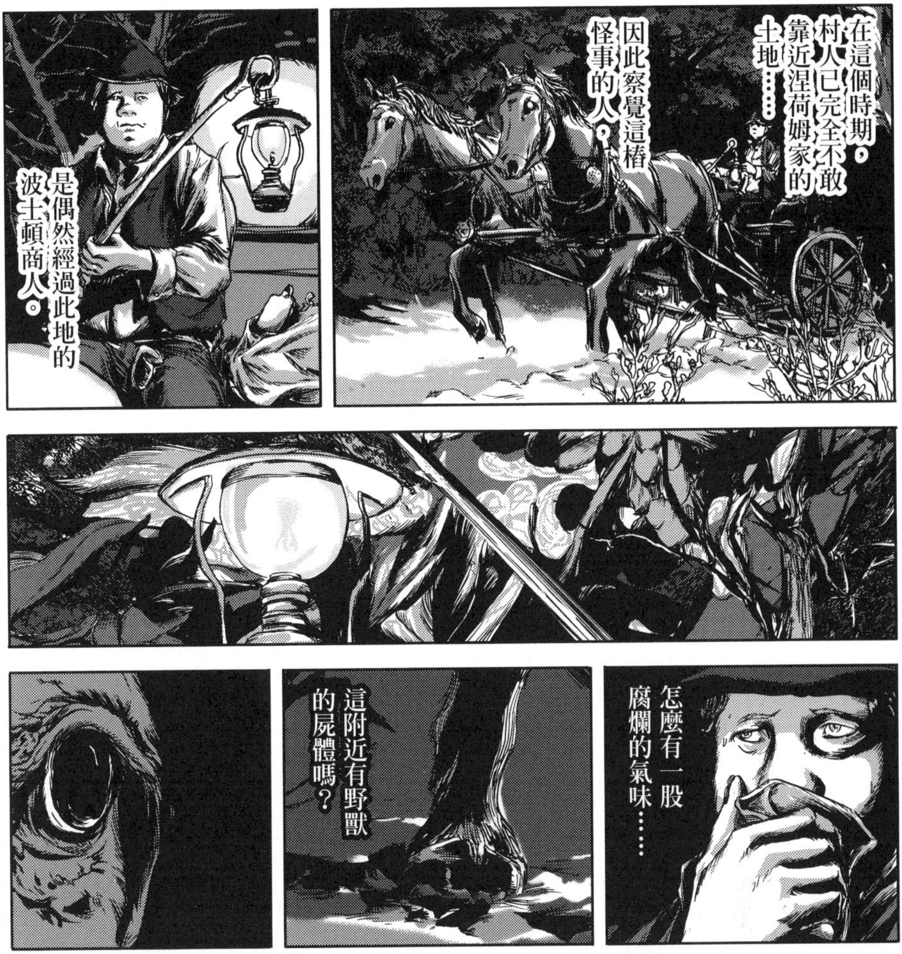
在這個時期，村人已完全不敢靠近涅荷姆家的土地……
因此察覺這椿怪事的人，
是偶然經過此地的波士頓商人。
怎麼有一股腐爛的氣味……
這附近有野獸的屍體嗎？
那是怎麼回事？

在那漆黑的夜晚，唯獨峽谷下方的涅荷姆農場一帶特別明亮。

農場周圍所有
花草樹木的莖、花、
葉都散發著螢光。

WASHINGTON
「隕石造成的異常現象？」

「村人也不敢靠近那座峽谷」……
從隕石墜落之日算起的將近一年之後，
就連植物以外的東西也開始出現那詭異的色彩。

第 4 章

某種邪惡的東西

Something Wicked

嘩啦
嘩啦嘩啦
嘩啦嘩啦

！
哞～
哞～
哞～
……

涅荷姆家到底發生了什麼事？
涅荷姆跟他老婆都不再到鎮上來，
兩個兒子雖然會到學校，但也是不太對勁……
常常忽然大叫，有時還會昏厥。
傑納斯跟薩都斯嗎？
大家都說那一家遭到了詛咒。
亞米，你也要小心一點。
……

我得把牛隻……
遷移到高臺上才行。
難道連牧草裡也有毒素？
倒也不是，只是保險起見……
是嗎？
爸爸！
媽媽她……

南姬！
妳還好嗎？
都在蠕動……啊啊……
……你看……
都改變了……回不去了……
拍翅膀的聲音……
我聽見了……啊啊……
南姬……

不要！快住手……
啊啊……
求求你們……
一切都……完了……
……

讓南姬在家裡休息就好，沒有必要送去醫院。
她只是情緒有些激動而已……
何況她也沒有做出什麼傷害孩子的事情。
傑納斯……

薩都斯見了
母親的駭人模樣，
因過度驚嚇而昏厥……
涅荷姆迫於無奈，
只好把可憐的南姬
監禁在閣樓裡。

涅荷姆驚愕地發現
連妻子的身體
也開始帶有
那神祕的色彩……

……啊啊……

……
不要……
啊啊……
涅荷姆……
南姬她還好嗎？
沒事……不要緊……不要緊……
她馬上就會康復……
在涅荷姆的妻子遭逢此慘劇之前，涅荷姆家還發生過一起馬匹發狂的事件。

那一天，涅荷姆被可怕的馬叫聲與鐵蹄聲吸引到了馬廄……

涅荷姆一打開門，驚恐的馬匹立即狂奔而逃。
涅荷姆花了一星期，才把所有馬都找回來。
到底是什麼讓所有馬發了狂？

爲了不讓
馬繼續痛苦，
涅荷姆只能
親手射殺所有馬。

因涅荷姆沒有馬可乘坐，亞米決定借一匹馬給他。
但是當亞米來到果樹園時，赫然發現那些綠草及樹木都變成了灰。
為什麼會發生這種現象？
這樣下去，在土壤裡的毒素消失之前，這塊土地恐怕會先死絕……
在九月之前還綻放著異樣色彩的那些花草，竟然全都變成了灰色，而且陸續枯死。

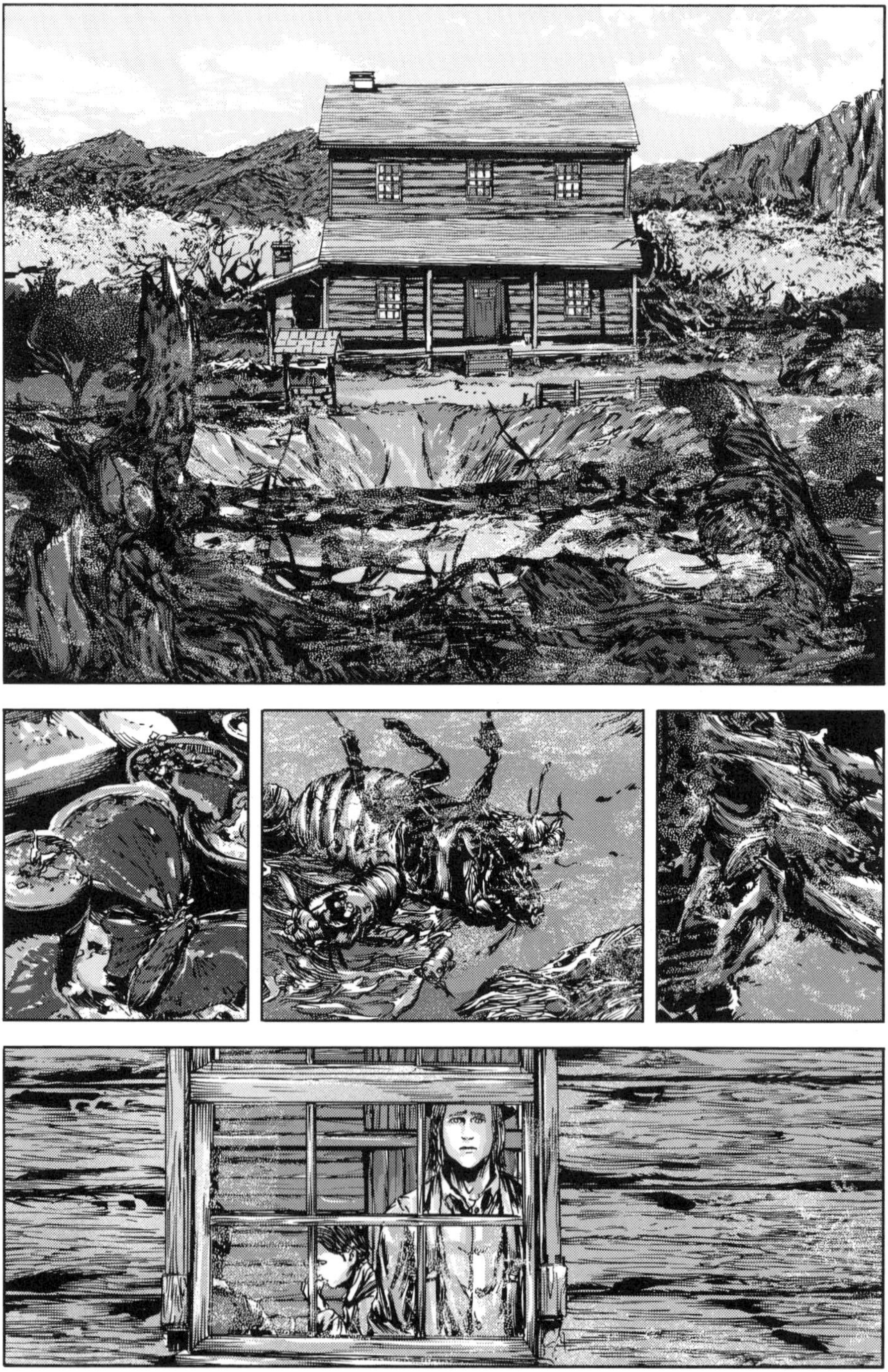

傑納斯！去井邊打一些水來！
沒有水可以喝了……
涅荷姆，井水或許也已經遭到污染，最好還是別喝吧！
你可以在高臺上另外鑿一口井。
放心吧……不會有事的……
我們一直都喝那口井的水……
啪！
哇啊啊啊啊！

傑納斯！你怎麼了？
嗚……
啊……
啊啊啊啊……
傑納斯！
井……井裡……
井裡？
有一道光……
有光？

……
他說有光是什麼意思……？
不知是什麼東西破壞了傑納斯的精神，讓他成了一個瘋子。

連續兩個家人喪失了正常心智，
涅荷姆卻依然不打算離開這塊土地。
現在他除了監禁妻子，還把兒子傑納斯關在另一間房間。

不要！
啊啊！
雖然上了鎖，在門外還是可以清楚聽見令人毛骨悚然的慘叫聲。
嗚嗚！
……
你先回去吧。
嗯……好……
薩都斯，去燒熱水……
幫馬溫洗澡……
傑納斯是怎麼了？
他很快就會康復。
然而涅荷姆家的悲劇卻是不斷惡化，宛如嘲笑著涅荷姆的堅強。
在家人精神錯亂的同時，家畜也陸續離奇死亡。

剛開始是雞，後來是豬，最後是乳牛……
有的屍體異常肥大，有的屍體異常萎縮，內臟腐爛的速度快到令人難以置信，接著全部都變成了灰色……

第 5 章

在井中

In the Well

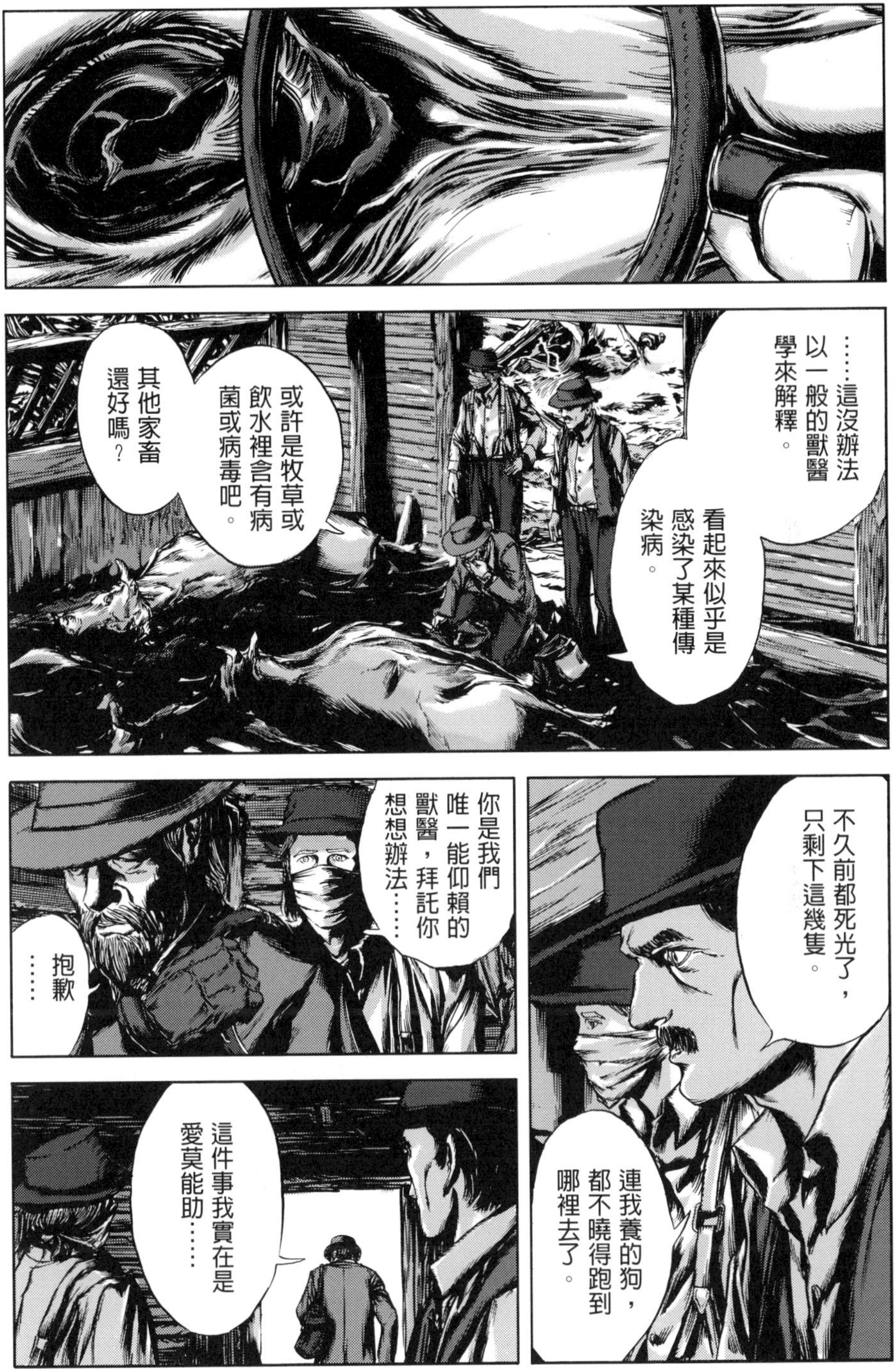
……這沒辦法以一般的獸醫學來解釋。
看起來似乎是感染了某種傳染病。
或許是牧草或飲水裡含有病菌或病毒吧。
其他家畜還好嗎？
不久前都死光了，只剩下這幾隻。
連我養的狗，都不曉得跑到哪裡去了。
你是我們唯一能仰賴的獸醫，拜託你想想辦法……
……抱歉
這件事我實在是愛莫能助……

亞米雖然痛心於好友的處境，卻一直不敢再前往涅荷姆的家。
十月十九日，涅荷姆一臉憔悴地來敲亞米家的門。
發生什麼事了？
傑納斯他……

房門一直從外面上了鎖，
就連窗戶也閂上了，任何人都不可能闖進這間房間。
為什麼他會變成這樣？
在亞米看來，傑納斯像是遭人以殘酷的手法殺死了。

涅荷姆把曾經是兒子的「詭異屍塊」埋進了農場後方的祖先墳墓內。
傑納斯的死顯然與家畜的離奇死亡有關，但沒有人說出口。
我先走了……
……
好……
再見……
亞米很害怕……據說這裡的植物都會發出燐光，而且在沒有風的時候，枝葉也會發出沙沙聲響。

雖然涅荷姆是自己的好朋友，但亞米實在不敢在太陽下山後逗留在這塊土地上。
在亞米匆匆離開的時候，閣樓裡依然不斷傳出發瘋女人的慘叫聲。
三天之後，連薩都斯也消失了……

他到底跑到哪裡去了？
那麼小的孩子，不可能跑遠的。
薩都斯一直很害怕，不管看見什麼都會尖叫……
為什麼我會……
命令他去打水？
……去那口井打水？
他去了沒多久，我就聽見哀號聲。
我嚇得趕緊跑出來看，但是他已經……
不見了……
……？

涅荷姆！這是……
？
這是薩都斯帶走的燈籠……
皮爾斯……
如果我死了，我老婆和馬溫就麻煩你照顧了……
為什麼會鎔化成這副模樣？
涅荷姆似乎已沒有多餘精力思考怪誕事件背後的眞相。

接下來的兩個星期，亞米完全沒看見湼荷姆的蹤影。
亞米心裡有不好的預感，決定到嘉德納農場去看一看。

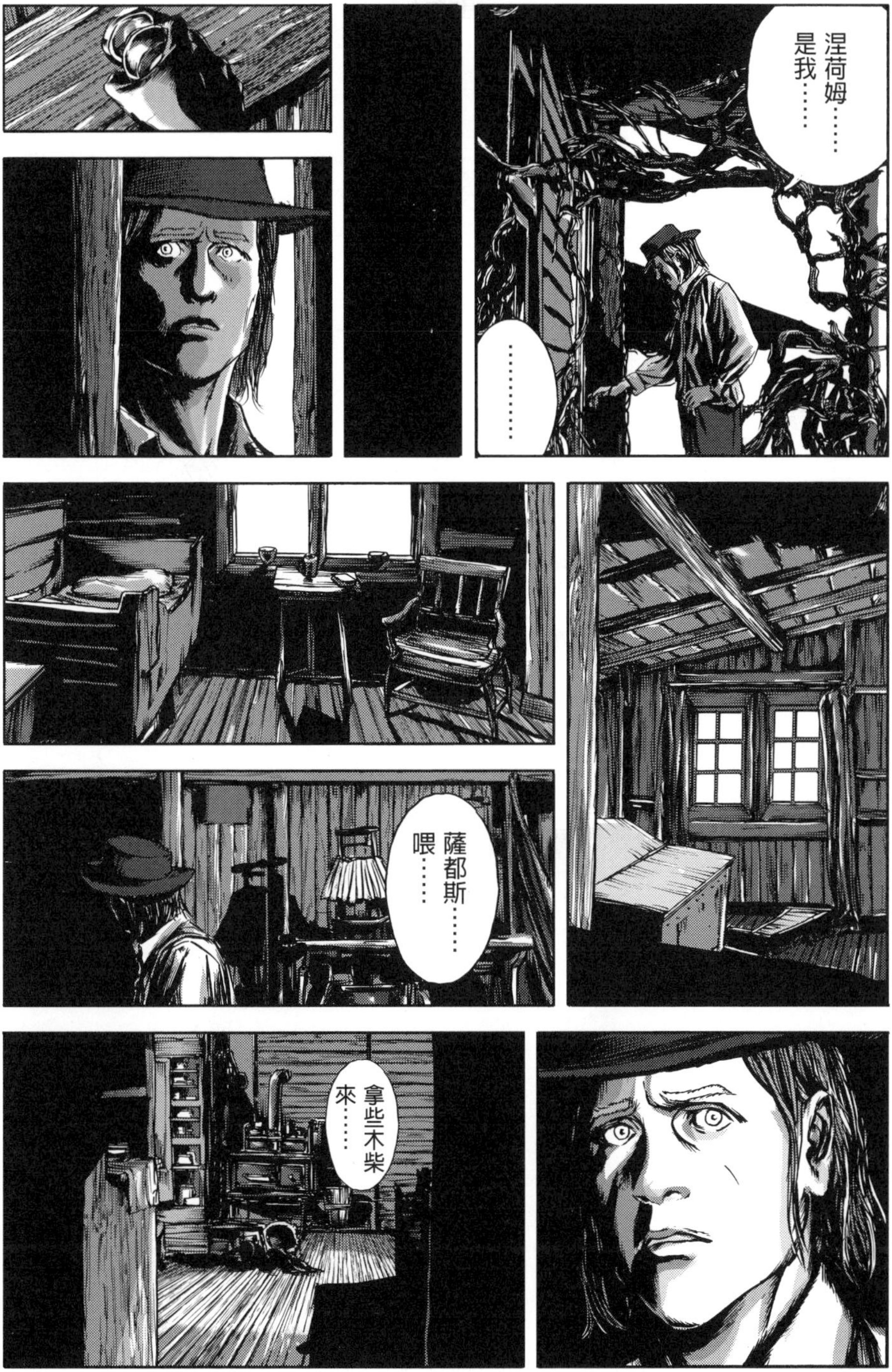
涅荷姆……是我……
……
薩都斯……喂……
拿些木柴來……

噢……皮爾斯嗎……
你還好嗎……？
馬溫怎麼不見了？

馬溫……
他現在……
他現在在
井底……
他還活著……
在井底活著……
……
你在說什麼……
嘎……
咕……
……
……
南姬還好嗎？
南姬……？

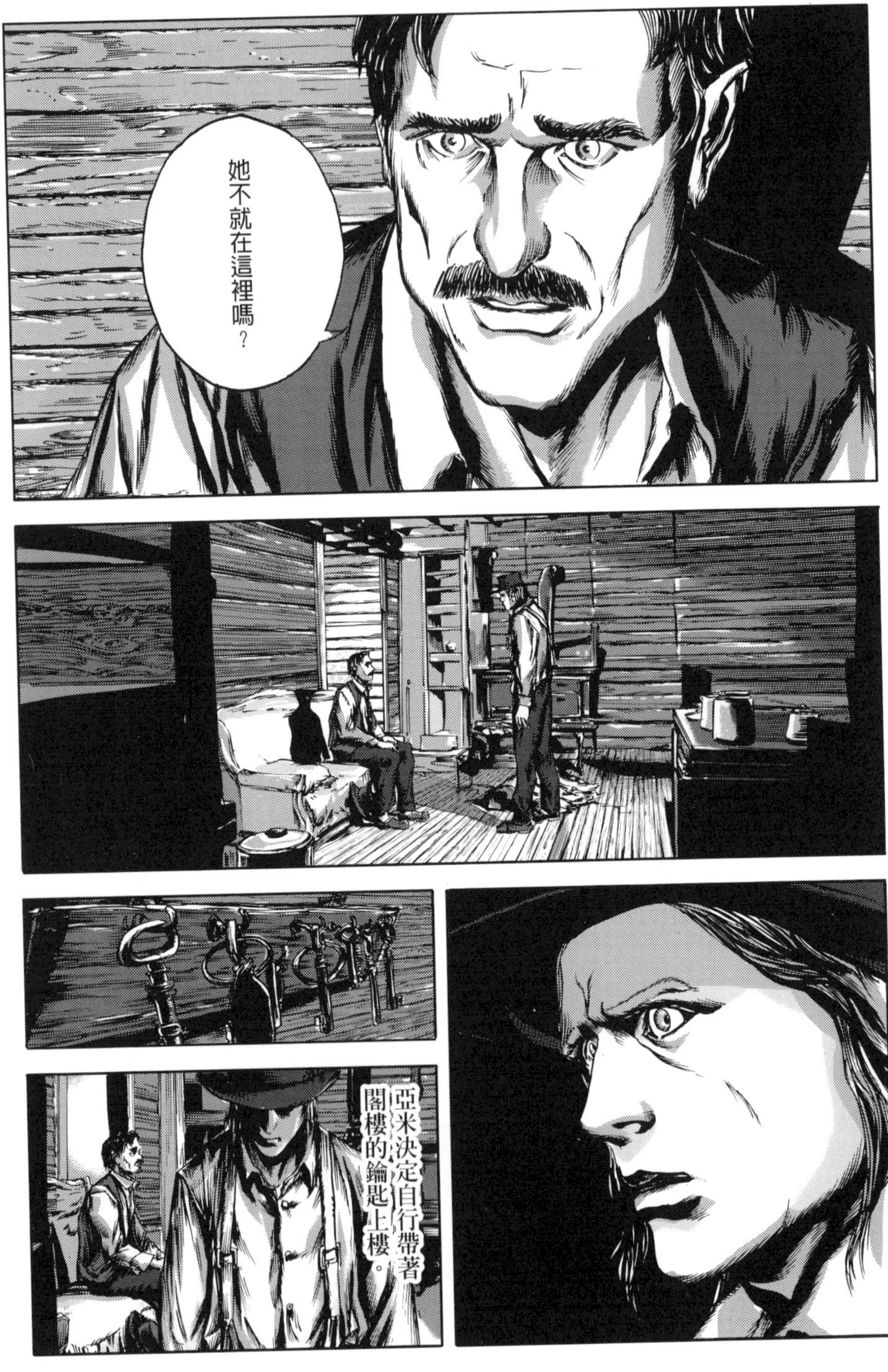
她不就在這裡嗎？
亞米決定自行帶著閣樓的鑰匙上樓。

前往了監禁涅荷姆妻子的房間。
亞米強忍著令人作嘔的惡臭。打開了房門……
他看見了……

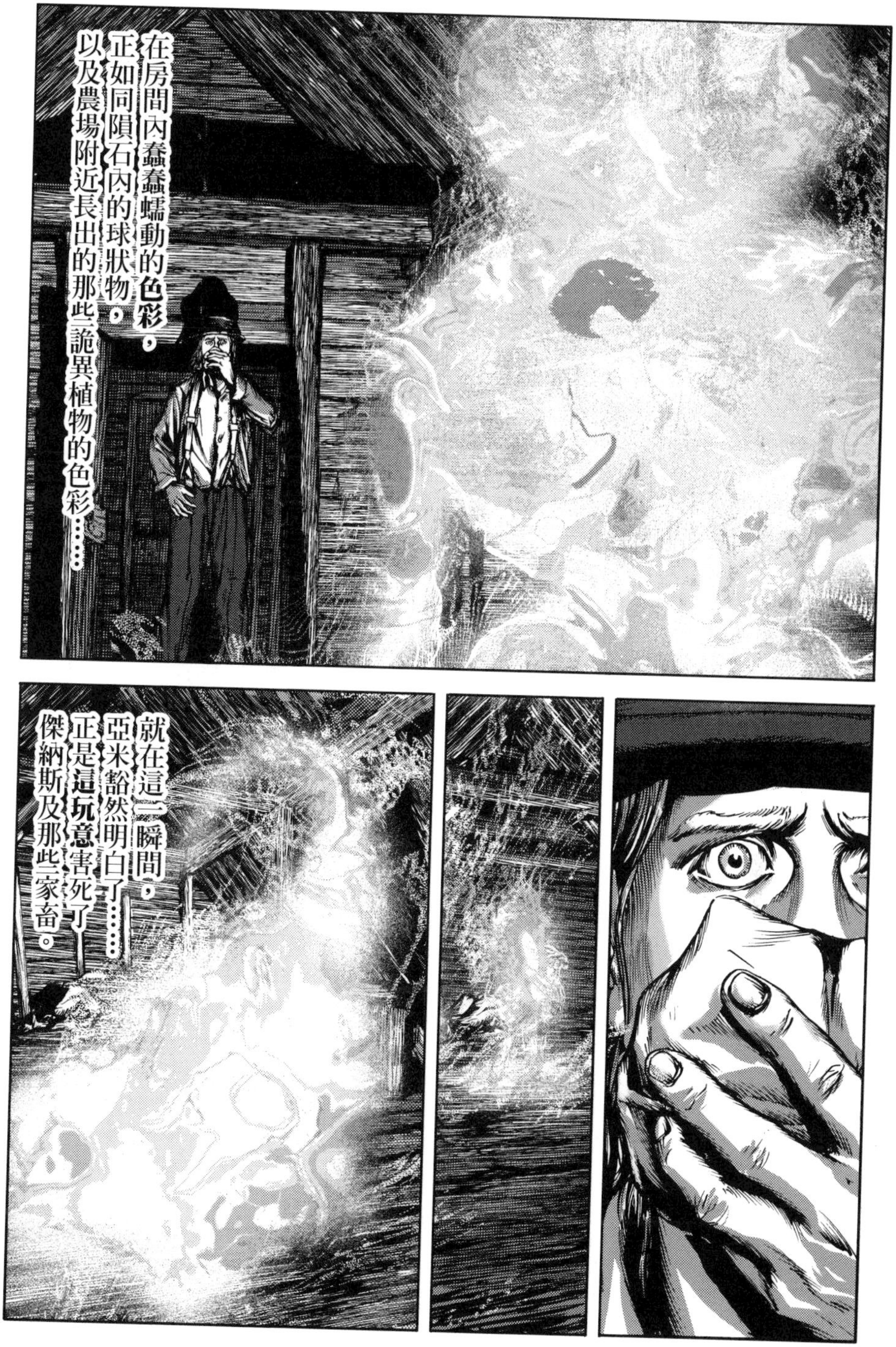
在房間內蠢蠢蠕動的色彩，
正如同隕石內的球狀物，
以及農場附近長出的那些詭異植物的色彩……
就在這一瞬間，
亞米豁然明白了……
正是這玩意害死了
傑納斯及那些家畜。

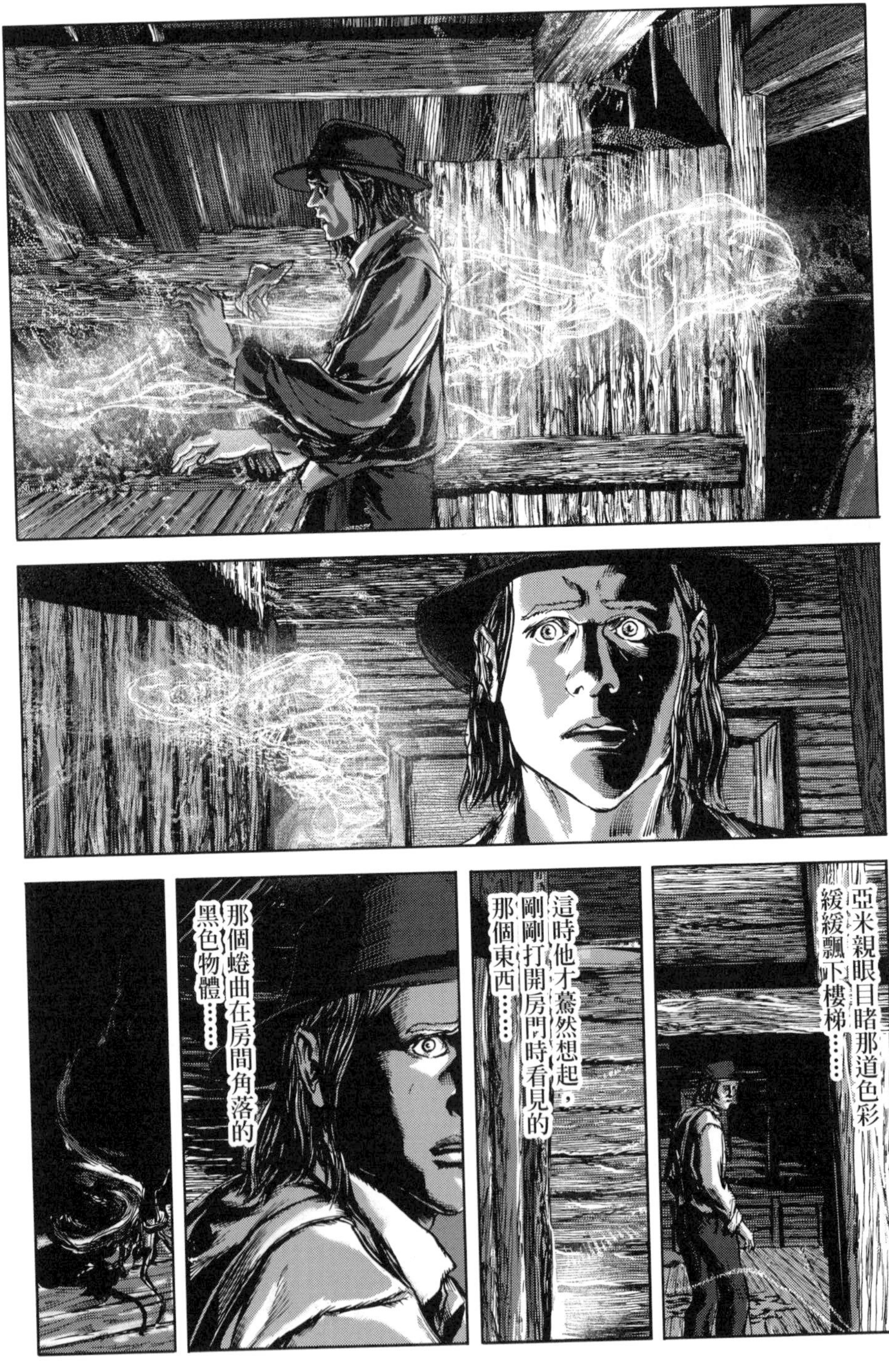
亞米親眼目睹那道色彩緩緩飄下樓梯……
這時他才驀然想起，剛剛打開房門時看見的那個東西……
那個蜷曲在房間角落的黑色物體……

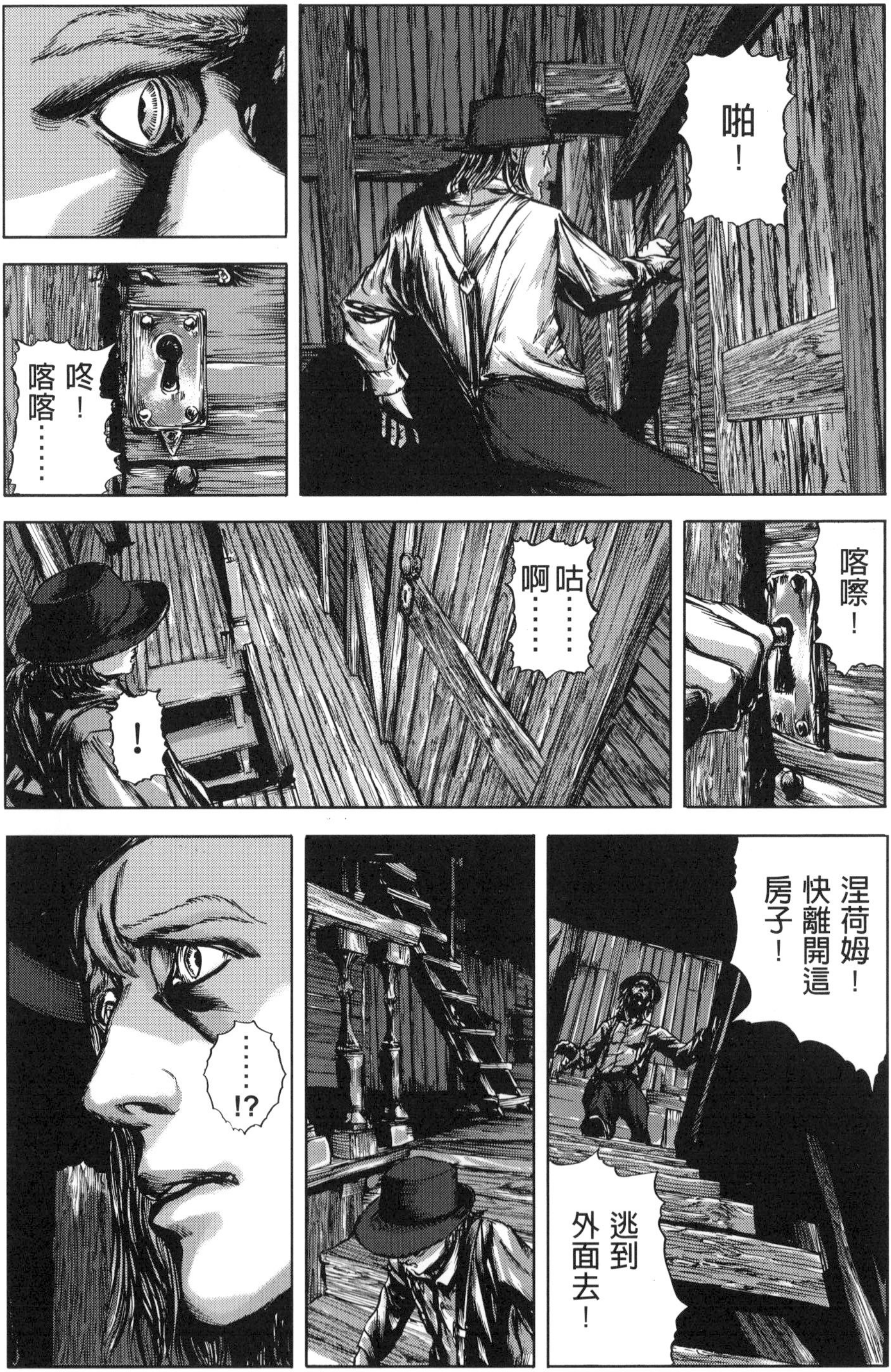
啪！
咚！喀喀……
喀嚓！
咕……啊……
！
涅荷姆！快離開這房子！
逃到外面去！
……!?

……啊……
咕……
咕啊……
!?
住……手……
咕……
咚！

那聲音聽起來像是亞米的馬……
希洛在逃走時踢開的石頭，
墜入了井水之中……
啪……
啡啡……噗噗……

亞米不敢肯定涅荷姆是靠著自己的
力量爬到了這裡，還是被不可思議
的超自然力量拽到了這裡……
卻可以明顯看出在這短短的幾分鐘裡，
某種東西讓涅荷姆的肉體產生了
致命性的變化……變色、腐爛與變形，
已經讓涅荷姆陷入了奄奄一息的狀態……

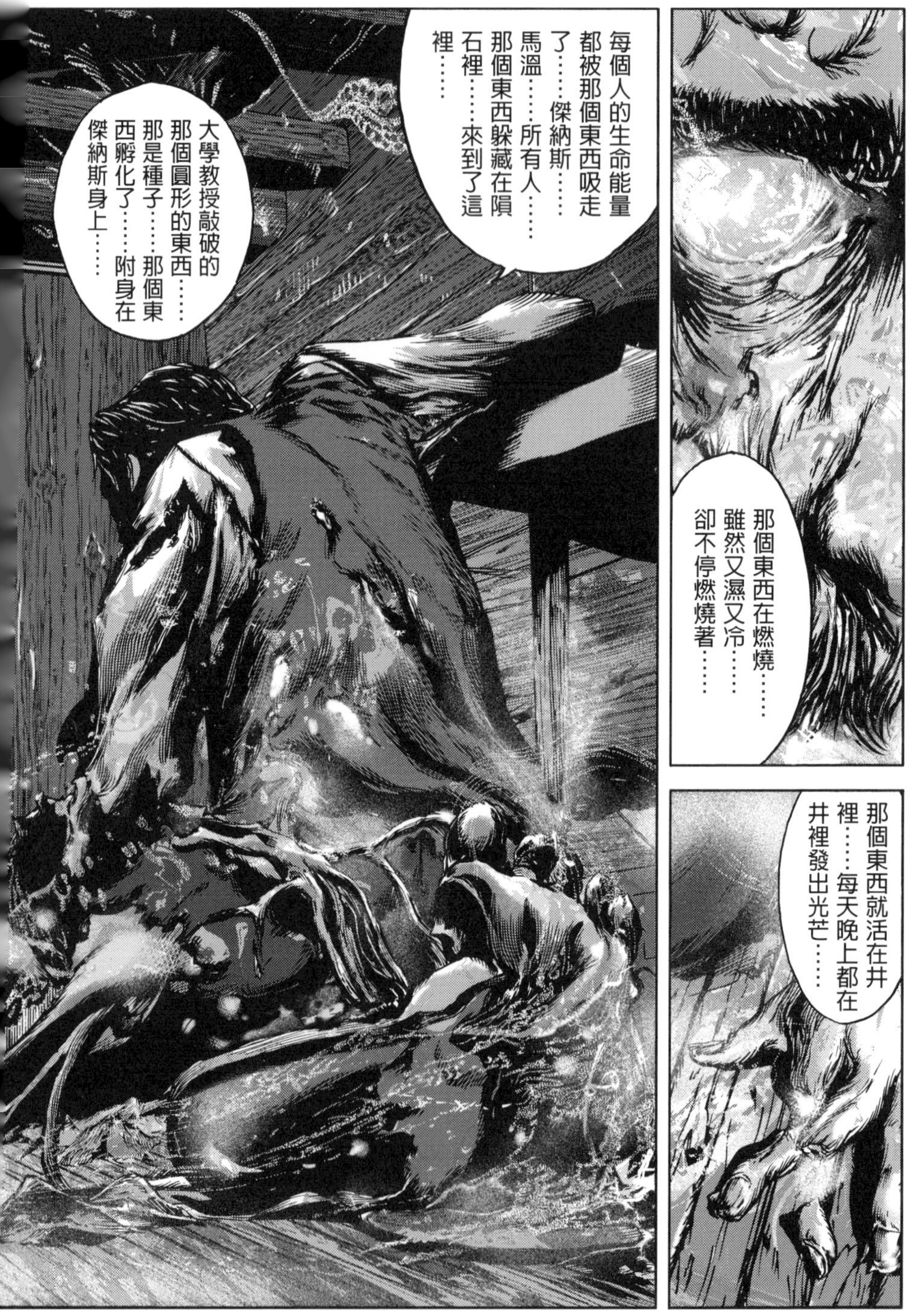
那個東西在燃燒……雖然又濕又冷……卻不停燃燒著……
那個東西就活在井裡……每天晚上都在井裡發出光芒……
每個人的生命能量都被那個東西吸走了……傑納斯……馬溫……所有人……那個東西躲藏在隕石裡……來到了這裡……
大學教授敲破的那個圓形的東西……那是種子……那個東西孵化了……附身在傑納斯身上……

那個東西在我的農場裡散播毒素……
不斷在井裡燃燒著身體……亞米，你說得沒錯……那井水有毒……
所有生命……都被那個東西吸走了……
亞米……
那個東西不斷燃燒……吸走所有的生命能量……啊啊，南姬……那個東西來自於地球以外的地方……絕對不會錯的……
涅荷姆！

最終章

焦原

The Blasted Heath

呼呼……
!
馬不見了……
發生了什麼事?
對了,剛剛的水聲
是怎麼回事?

亞米立刻通報了市府當局。但是他沒有說出詳情，只說嘉德納一家人都死了。
警察、驗屍官及當初幫涅荷姆醫治家畜的獸醫，都在亞米的引導下來到了農場。
這裡真是亂成了一團。植物異常生長……
跟害死一家人的可怕瘟疫……難道都是隕石造成的？
絕對沒錯！那絕對不是屬於這個世間的東西……
那顆隕石把某種邪惡的東西帶到了地球上……一定是這樣！你們看了屋內之後，就會明白了。

閣樓的房間裡也有一具類似情況的屍體？
是的……
屍體變形嚴重，無法判斷性別，但穿著嘉德納妻子的衣服……
這裡到底發生了什麼事？
昨天才死的人，今天就腐爛成這樣？
神啊……
總之從屍體及這裡的灰塵，
採集一些檢體，送到醫學中心化驗吧。

你好像很在意那口井？
……
涅荷姆生前一直很害怕那口井。
就算是薩都斯失蹤的時候……
他也沒去井邊查看……
……

而且涅荷姆在臨死之前曾經胡言亂語……說什麼孩子都活在那口井裡……
活在井裡？
好！到井底下仔細查個清楚！
是！

沒想到這井底的水這麼少……
底部是黏質性的泥層……
不斷冒著氣泡，似乎有東西在底下腐爛了……
好可怕的惡臭……
請給我一個桶子！
咚！
好像撈到東西了……
嘩啦嘩啦
探長，撈到了！

這是孩童的頭顱，已經完全化為白骨了。
這怎麼可能？孩童才失蹤幾個星期，不是嗎？
此外還有鹿跟狗的骨頭。
小動物怎麼會掉到井裡去？

這個家到底發生了什麼事？植物會發光，家畜全死了，一家人也染病而死……
難道真的是隕石在土壤裡散播了神祕的毒素？
但是為什麼連家人也染上了和植物及家畜相同的病？
他們並沒有吃遭毒素污染的農作物，不是嗎？
一定是水的關係……
讓醫學中心分析那井水，應該能發現一些端倪。
探長……
快看……！
！！

那是什麼光？
好像是某種氣體正在搖曳……
不，它在蠕動……
當初的臭菘和樹木都是那個顏色……
南姬和涅荷姆都是被它害死了……
被它害死了？
隕石裡頭的球狀物也是那個顏色……
那是來自宇宙的色彩……

啡啡啡！
啪！
啪！
！
快把馬牽到屋後去！
不行！
千萬別出去！別靠近那個光！
？
涅荷姆說過，井裡躲藏著會吸收生命的東西！
那不是這世間的東西，它不斷燃燒，吸走所有生命能量……

它不停吸取這塊土地上的生命，累積了龐大的能量……
那東西絕對來自於地球以外的地方……
宇宙的另一頭……
神啊……請庇佑我們……

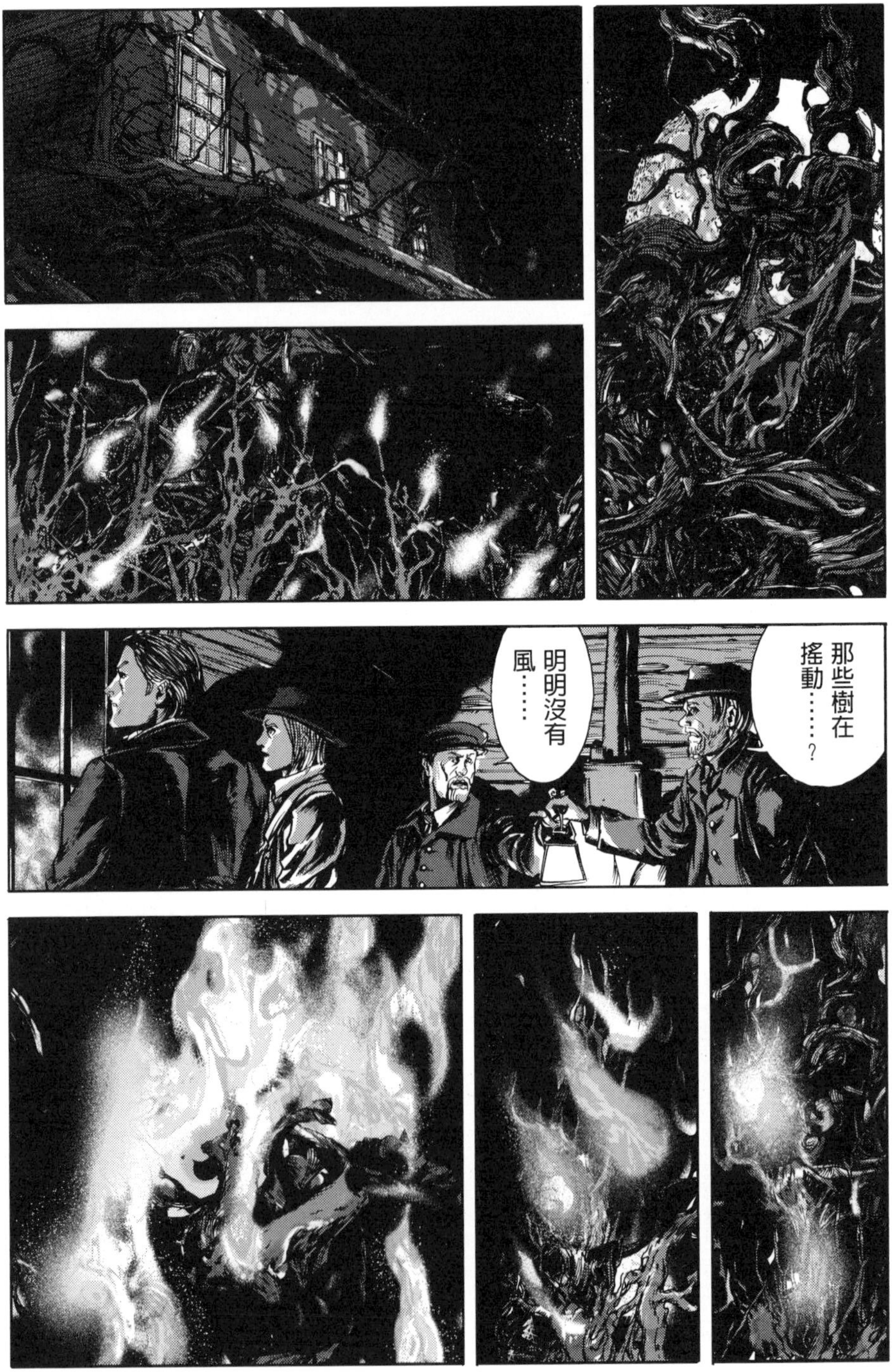
那些樹在搖動……？
明明沒有風……

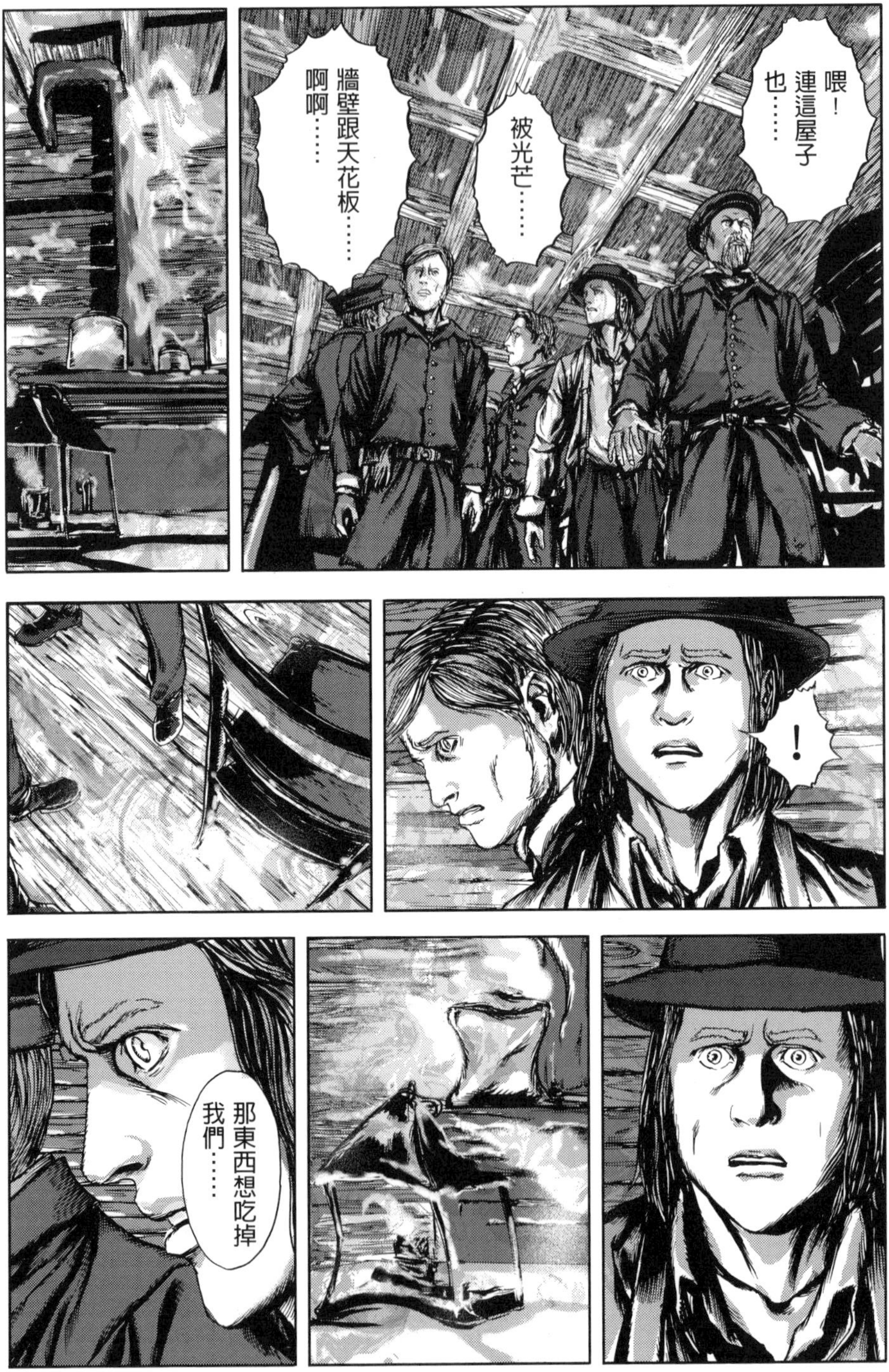
喂！連這屋子也……
被光芒……
牆壁跟天花板啊啊……
！
那東西想吃掉我們……

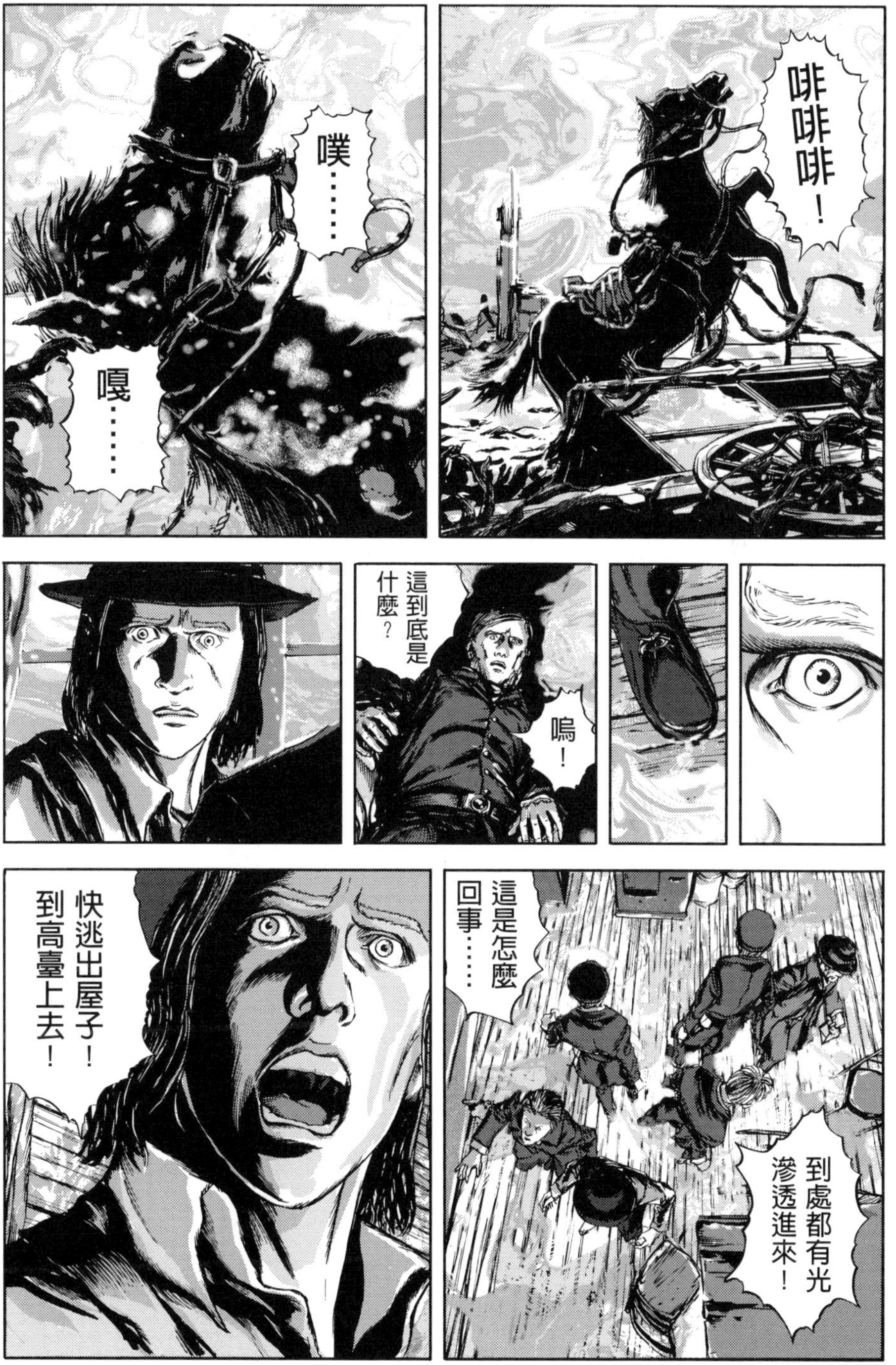
啡啡啡！
噗……
嘎……
這到底是什麼？
嗚！
這是怎麼回事……
到處都有光滲透進來！
快逃出屋子！到高臺上去！

呼……
呼……
亞米帶著眾人從後門離開，穿過十英畝的牧草地……
倉庫、工具小屋及果樹園的樹木都在散發詭異光芒，樹枝不斷扭曲及顫動。

眾人不斷朝著高臺奔跑，與農場拉開距離。
在奔跑的過程中，沒有一個人敢轉頭往後看。
當眾人終於轉頭望向位在峽谷底部的嘉德納農場時……
!
他們親眼看見了那怵目驚心的景象。

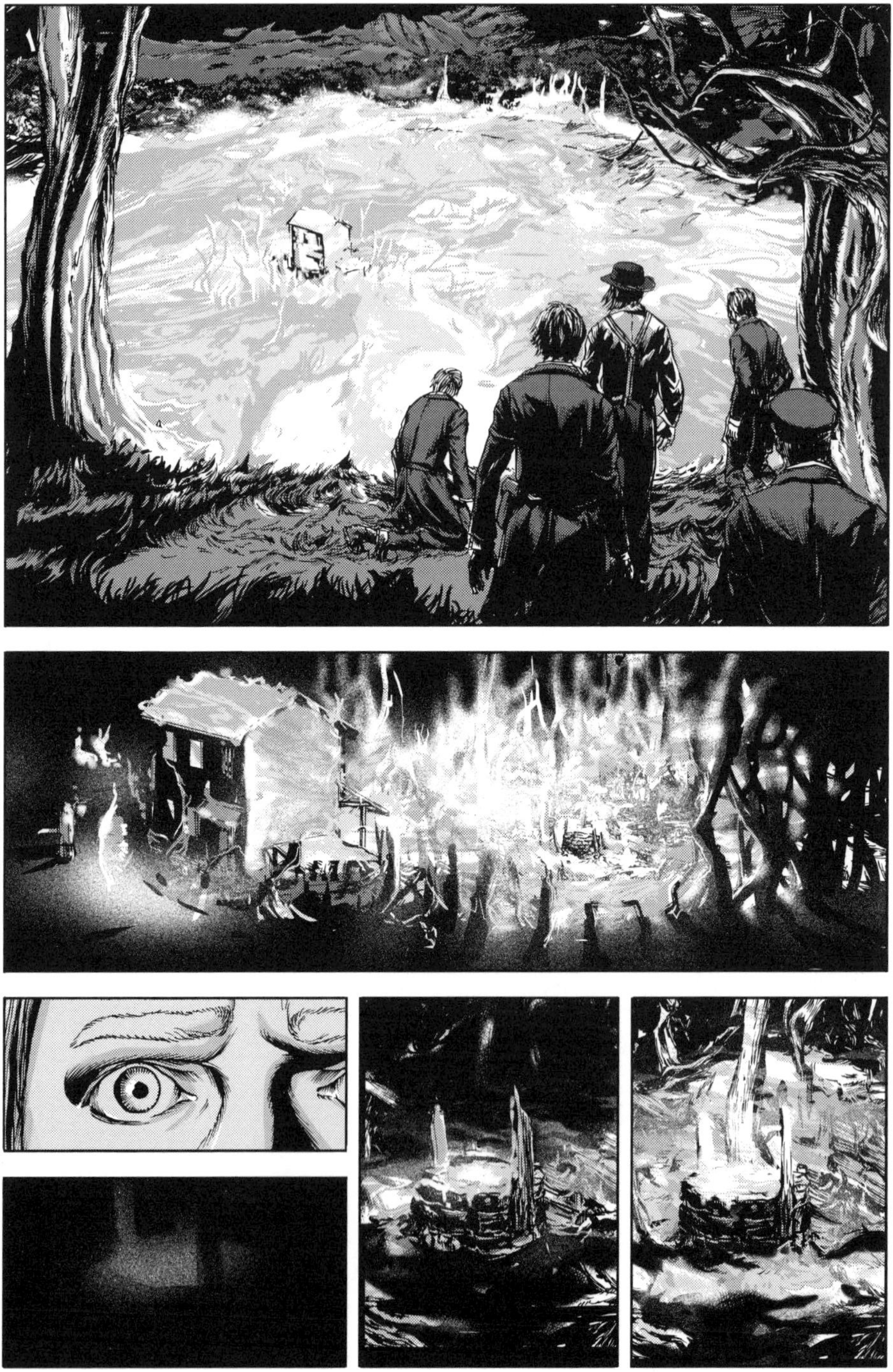

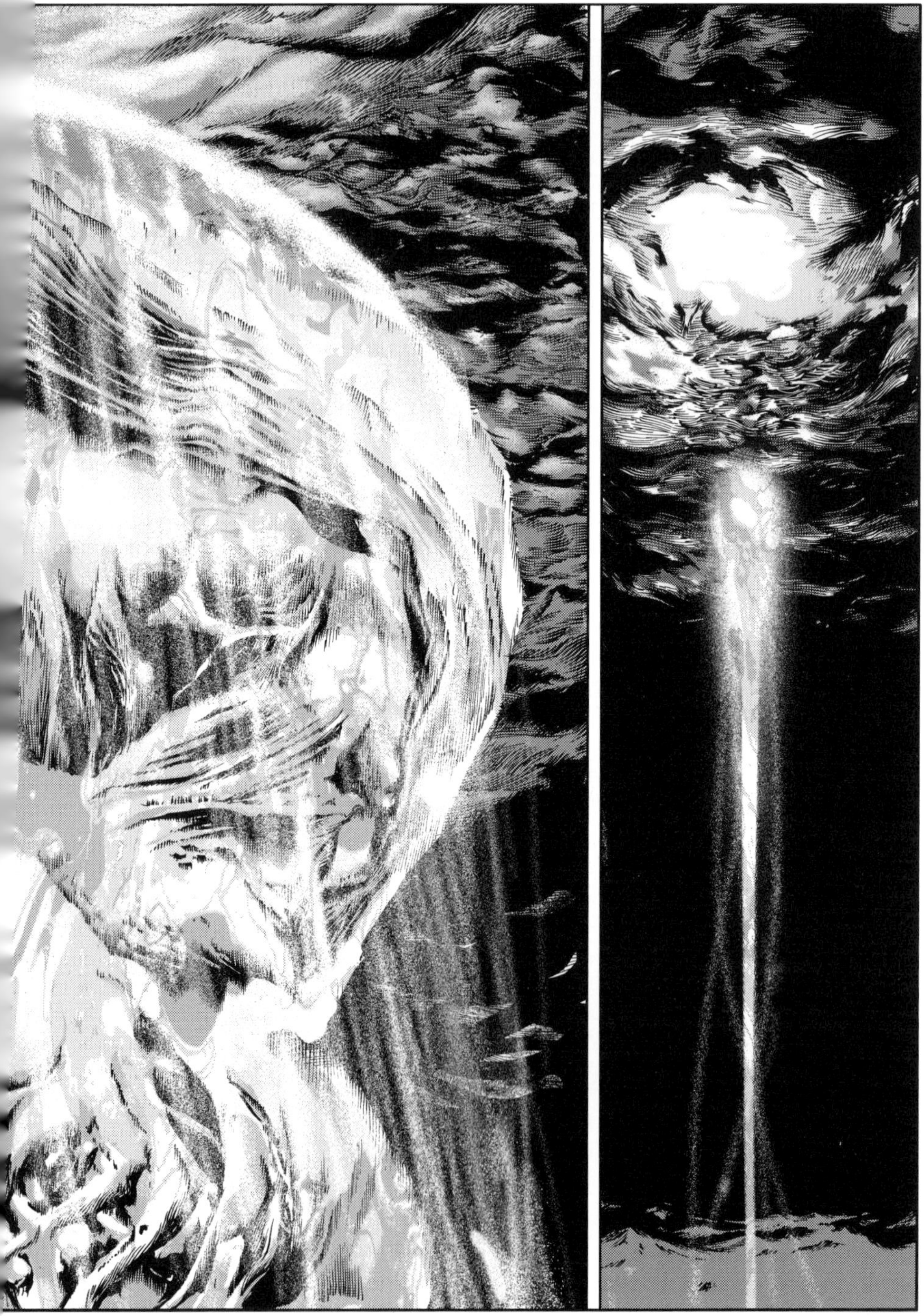

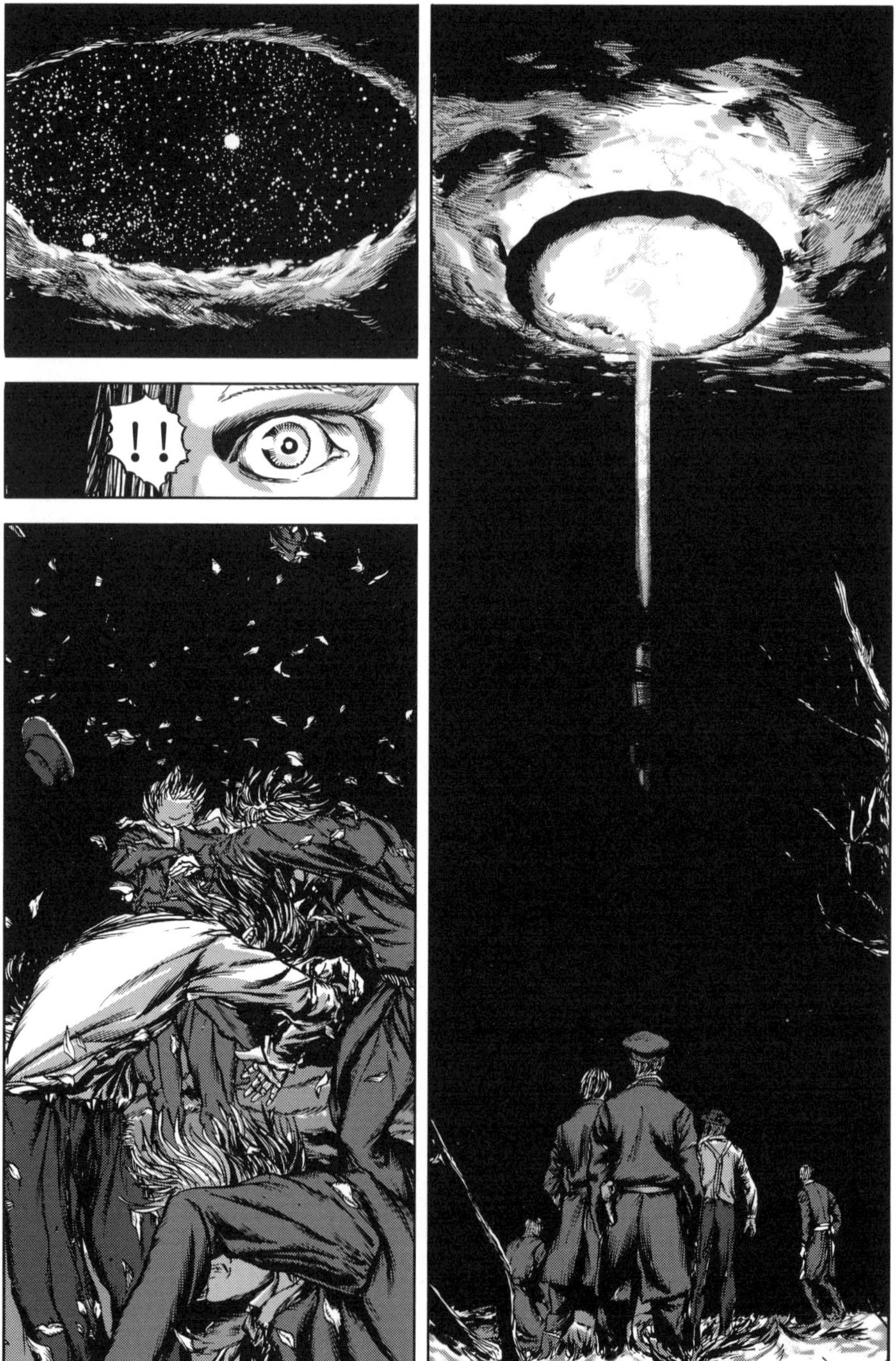

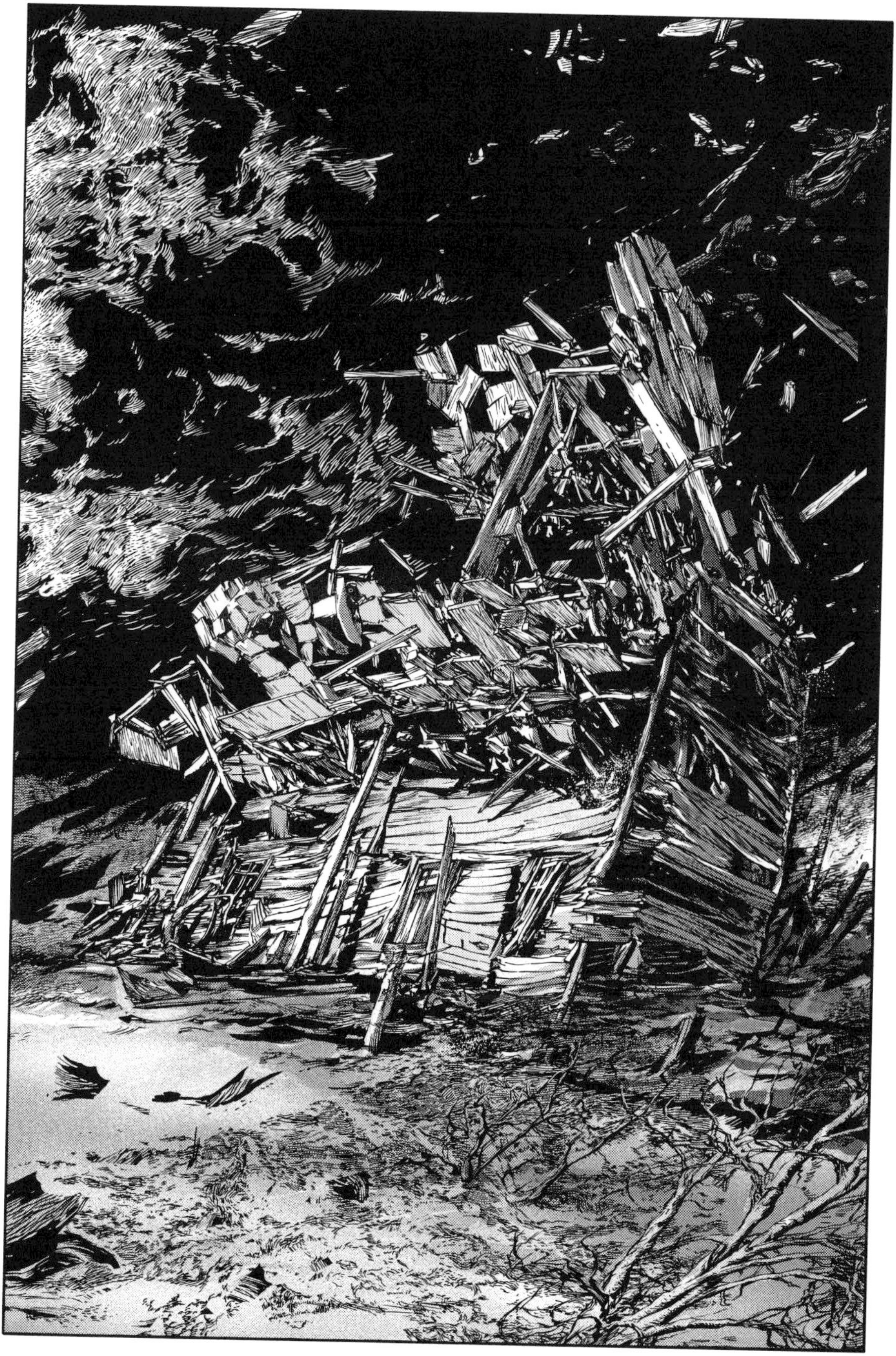

嗚……
颼颼颼颼……
咚！
這陣狂風是怎麼回事？
大家不要緊吧？
那東西在累積了能量之後、終於返回了宇宙……
在千鈞一髮之際逃得性命的眾人之中……

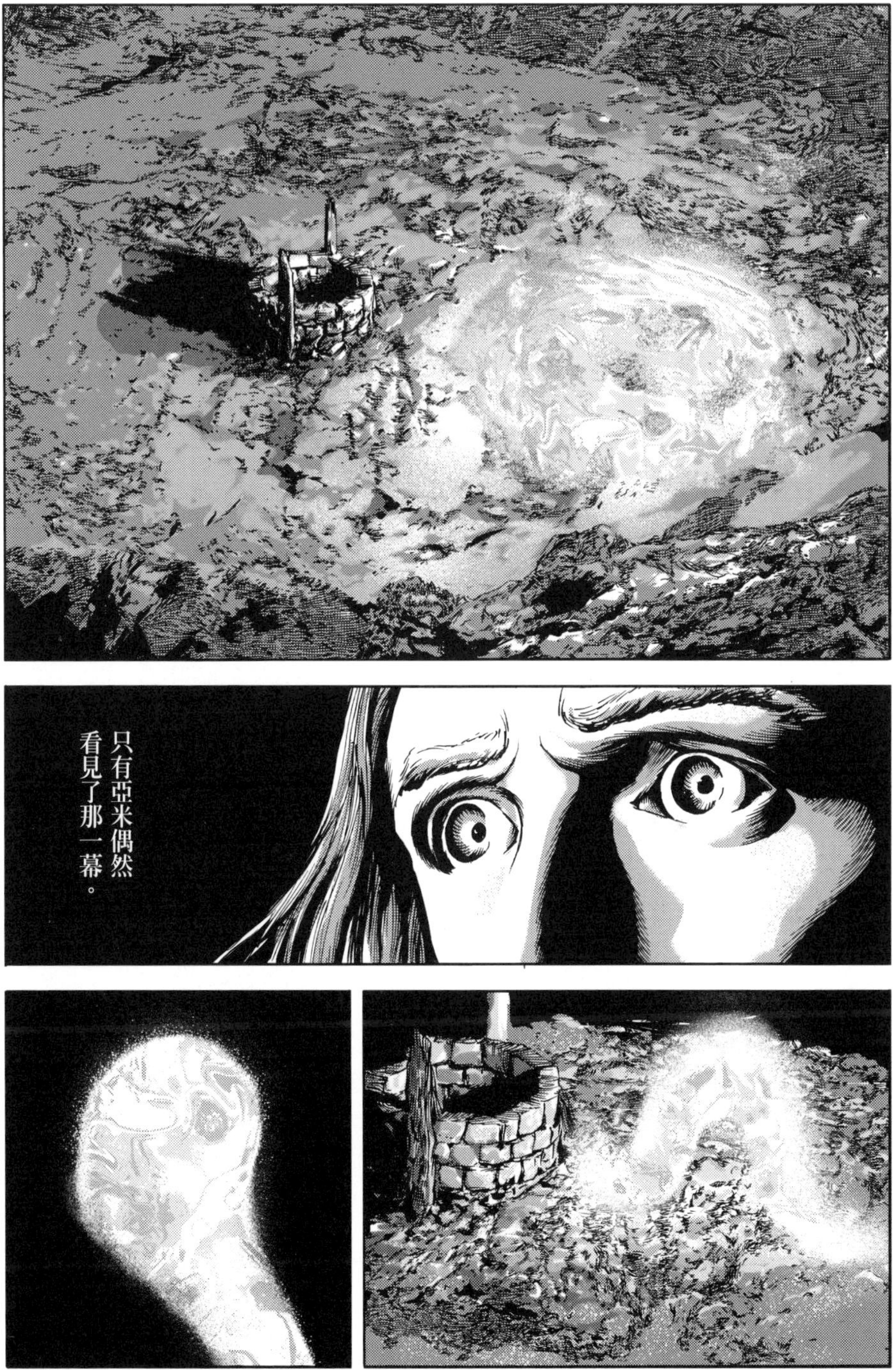
只有亞米偶然
看見了那一幕。

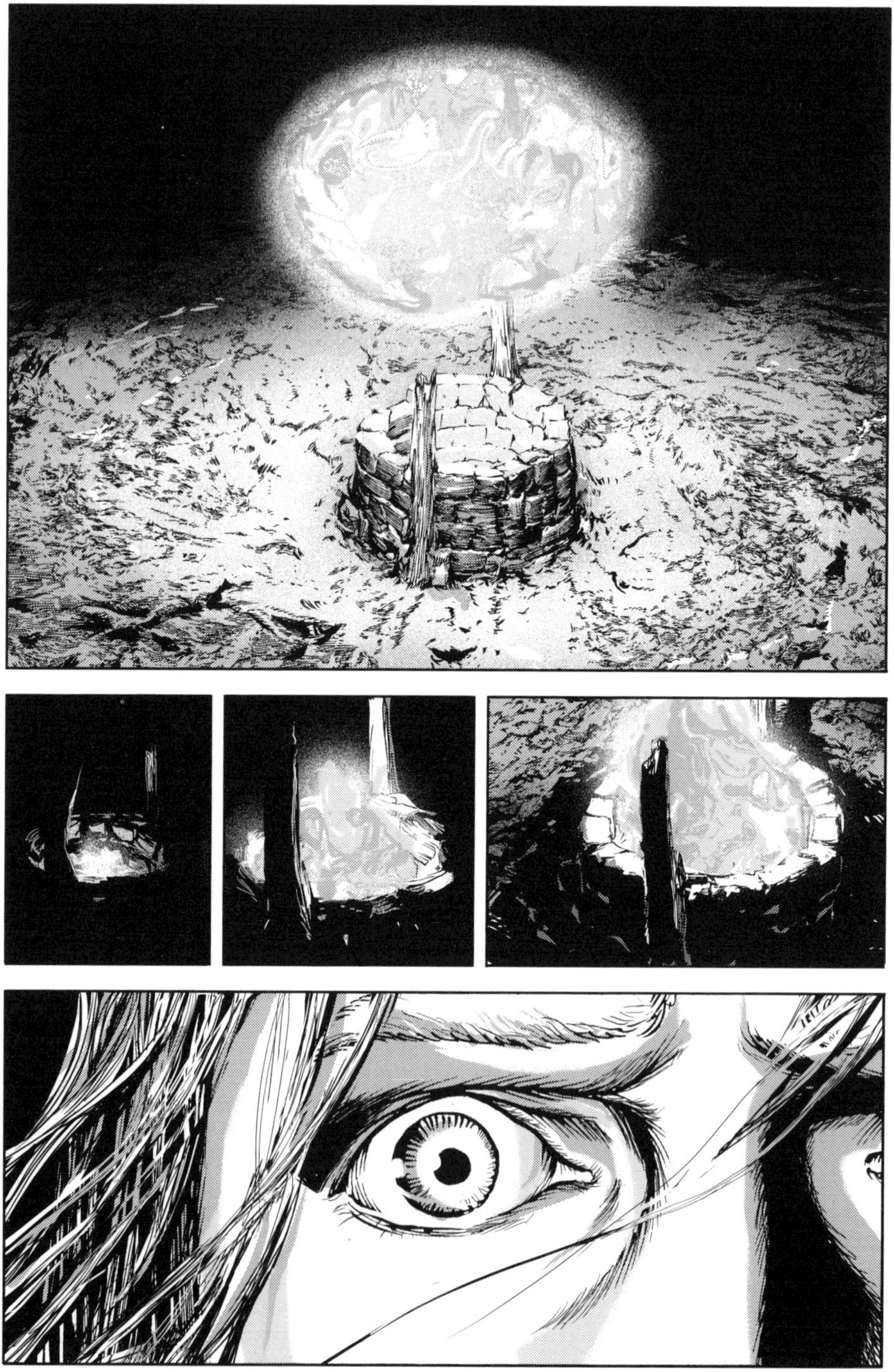

自從那天之後……
亞米便不曾感受過
心靈平靜的滋味。

我再也不曾踏入那峽谷一步，聽說那峽谷裡已不再有任何活物。
五英畝的範圍內積滿了灰色的塵埃，就算再過幾十年也長不出草來……
村人漸漸稱那個地方為「焦原」，馬匹經過那裡會發狂，獵犬的嗅覺會失靈……
會發出螢光的樹木在一夜裡不斷搖曳，地上常有詭異的動物足跡，類似的謠言在村人之間不斷流傳……
「焦原」正以每年一吋的速度慢慢擴大……「那個東西」還在**那裡**累積著能量……
所以如果整個峽谷能夠沉入水裡，那是再好也不過。

我與老人亞米·皮爾斯交談完，決定返回鎮上。
啪！
是否就像村人所警告的，亞米只是一個胡言亂語的老人？我無法判斷，但是我清楚記得，那天早上我在經過「焦原」時……
確實看見似乎有東西自井中慢慢飄散出來……
那段「詭譎歲月」距今已過了四十個年頭……
如果水壩能夠永遠抹除這段記憶，那不是件皆大歡喜的事情嗎？

我希望這座水壩能夠永遠蓄滿了水，沒有乾涸的一天，但就算水壩興建計畫真的實現……
我也絕對不會喝一口這個水壩的水，而且這輩子也絕對不會再靠近這阿卡姆市一帶。

那個隨著隕石來到地球的東西到底是什麼？
這個問題恐怕只有神才能回答得出來。
那是一種投影自無盡深淵的色彩，一種源自異世界的色彩。
那是一種令人望之生懼的使者，讓人類深刻感覺到自己的力量有多麼渺小。

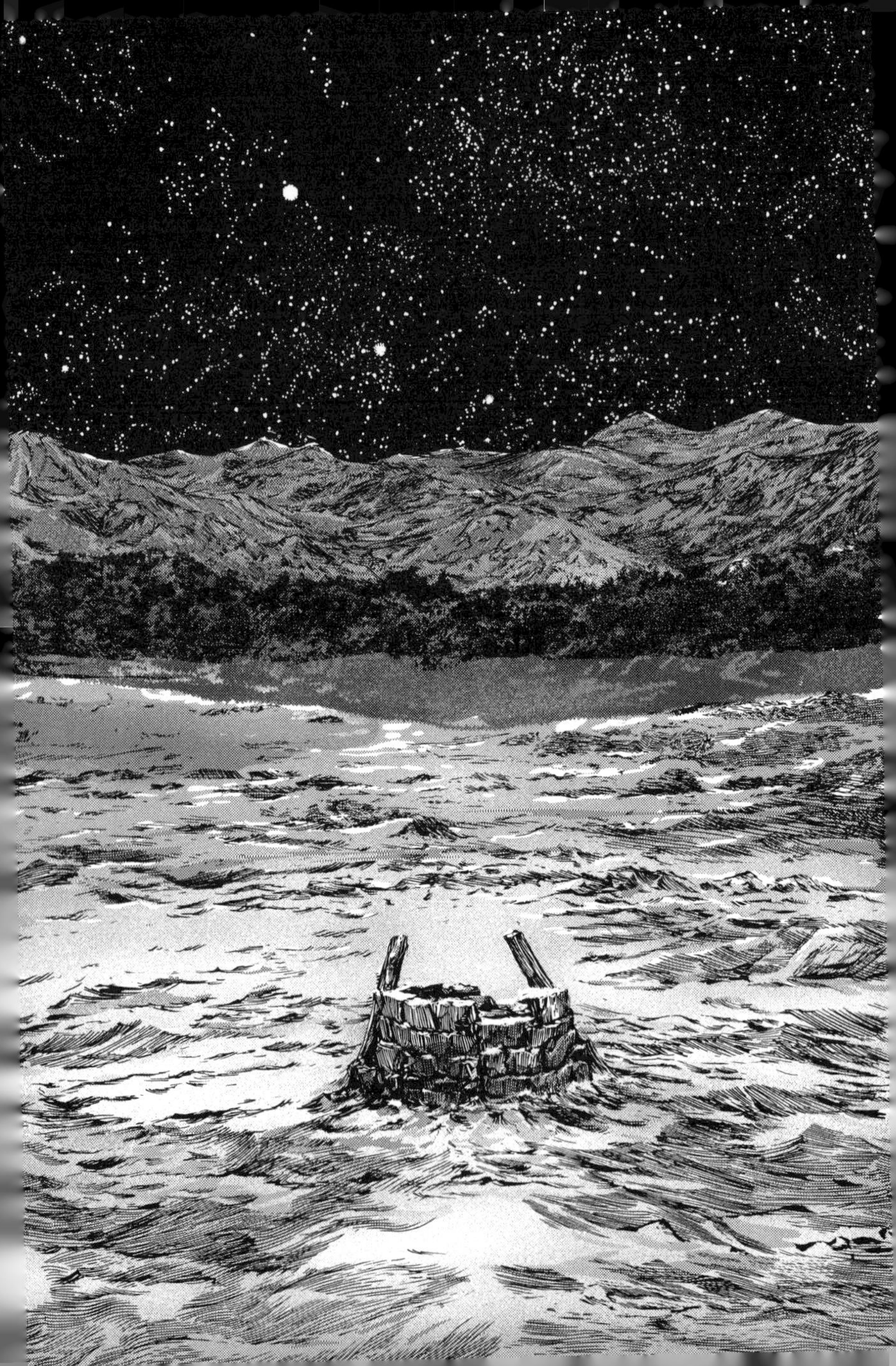

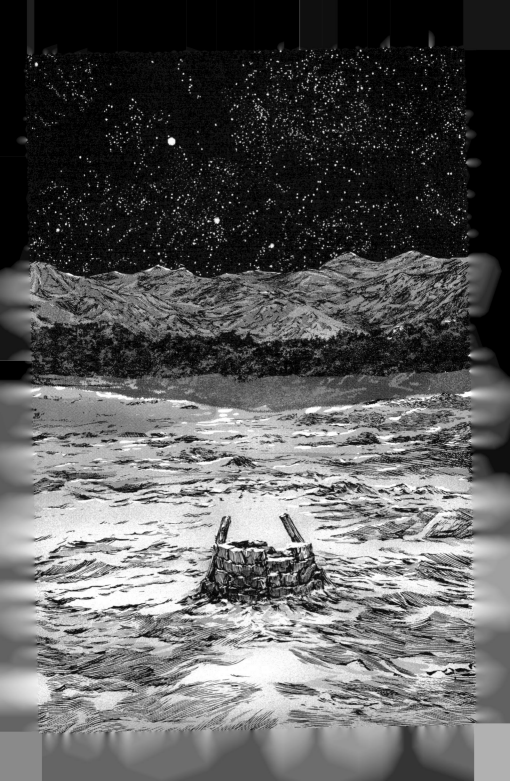

THE END

H. P. LOVECRAFT'S

THE COLOUR OUT OF SPACE

H.P. 洛夫克拉夫特
（Howard Phillips Lovecraft）

1890年出生於美國羅德島州。經常在專門刊登怪誕小說的通俗廉價雜誌《詭麗幻譚》（*Weird Tales*）上發表作品，但生前一直懷才不遇，唯一獲得出版的單行本作品只有1936年的《印斯茅斯疑雲》（*The Shadow over Innsmouth*）。到了隔年的1937年，洛夫克拉夫特就在一貧如洗的生活中病逝，得年46歲。洛夫克拉夫特過世後，他的弟子兼好友奧古斯特・德雷斯（August Derleth）將他在諸作品中創造的「克蘇魯神話（Cthulhu Mythos）」建立了完整的體系。這種「宇宙恐怖（cosmic horror）」的風格，對後世的驚悚作家造成了莫大的影響。即使到了現代，洛夫克拉夫特的作品依然擁有狂熱愛好者，衍生出的作品涵蓋電影、漫畫、動畫及電玩，在全世界掀起的熱潮一直沒有消褪。

NAZOMAN 17

星之彩

原著書名／異世界の色彩　ラヴクラフト傑作集
改編作畫／田邊剛　原 作 者／H.P.洛夫克拉夫特
翻　　譯／李彥樺　原出版社／KADOKAWA CORPORATION
責任編輯／張麗嫺　編輯總監／劉麗真

事業群總經理／謝至平
榮譽社長／詹宏志
發 行 人／何飛鵬
出 版 社／獨步文化
城邦文化事業股份有限公司
115台北市南港區昆陽街16號4樓
電話：(02) 2500-7696　傳真：(02) 2500-1951
發　　行／英屬蓋曼群島商家庭傳媒股份有限公司
城邦分公司
115台北市南港區昆陽街16號8樓
網　　址／www.cite.com.tw
讀者服務專線／(02) 2500-7718；2500-7719
服 務 時 間／週一至週五　09:30～12:00
13:30～17:00
24小時傳真服務／(02) 2500-1900；2500-1991
讀者服務信箱E-mail／service@readingclub.com.tw
劃 撥 帳 號／19863813
戶　　名／書虫股份有限公司
香港發行所／城邦（香港）出版集團有限公司
香港九龍土瓜灣土瓜灣道86號順聯工業大廈6樓A室
電話：(852) 2508-6231　傳真：(852) 2578-9337
馬新發行所／城邦（馬新）出版集團　Cite (M) Sdn Bhd
41, Jalan Radin Anum, Bandar Baru Sri Petaling,
57000 Kuala Lumpur, Malaysia.
Tel: (603) 90563833　Fax: (603) 90576622
email:services@cite.my

封面設計／馮議徹
印　　刷／中原造像股份有限公司
排　　版／陳瑜安
□2022年6月初版
□2024年5月15日初版5刷
售價320元

ISBN：978-626-70735-0-6
978-626-70735-1-3（EPUB）

譯者：李彥樺，1978年生。日本關西大學文學博士。從事翻譯工作多年，譯作涵蓋文學、財經、實用叢書、旅遊手冊、輕小說、漫畫等各領域。
li.yanhua0211@gmail.com